안토니오 타부키는 1943년 9월 24일 이탈리아 피사에서 태어나, 포르투갈 시인 페르난두 페소아의 영향을 받아 포르투갈어와 문학을 공부했다. 베를루스코니 정부를 향해 거침없는 발언을 했던 유럽의 지성인이자 노벨상 후보로 거론되던 걸출한 작가이면서 페소아의 중요성을 전 세계에 알린 번역자이자 명망 있는 연구자 중 한 사람이다. 『이탈리아 광장』 (1975)으로 문단에 데뷔해 『인도 야상곡』(1984)으로 메디치 상을 수상했다. 정체불명의 신원을 추적하는 소설 『수평선 자락』(1986)에서는 역사를 밝히는 탐정가의 면모를, 페소아에 관한 연구서 『사람들이 가득한 트렁크』(1990)와 포르투갈 리스본과 그의 죽음에 바치는 소설 『레퀴엠』(1991), 『페르난두 페소아의 마지막 사흘』(1994)에서는 페소아에 대한 열렬한 애독자이자 창작자의 면모를, 자기와 문학적 분신들에 대한 몽환적 여정을 쫓는 픽션 『인도 야상곡』과 『꿈의 꿈』(1992)에서는 초현실주의적 서정을 펼치는 명징한 문체미학자의 면모를, 평범한 ○○○ ○○○적 전환을 이야기하는 『페레이라가 주장하다』(1994)와 ○○○○○○○○건 실화를 바탕으로 쓴 『다마세누 몬테이루의 잃어○○○○○○○○○○적 사회역사가의 면모를, 움베르토 에○○○○○○○○○○○○○론의 위염』(1998)과 피렌체에 사는 ○○○○○○○○○○○○○○문제를 전면적으로 건드린 『집시와 르○○○○○○○○○○○○○이자 실천적 지성인의 면모를 살필 수 있다. ○○○○○○○○○○○어로 번역되었고, 주요 작품들이 알랭 타네, 알랭 ○○○○○○○○에 의해 영화화되었으며, 수많은 상을 휩쓸며 세계적인 작가○○○○받았다. 국제작가협회 창설 멤버 중 한 사람으로 활동했으며, 시에나 대학에서 포르투갈어와 문학을 가르쳤다. 2012년 3월 25일 예순여덟의 나이로 두번째 고향 포르투갈 리스본에서 암 투병중 눈을 감아, 고국 이탈리아에 묻혔다.

옮긴이 김운찬은 한국외국어대학교 이탈리아어과와 동 대학원을 졸업하고, 이탈리아 볼로냐 대학교에서 움베르토 에코의 지도하에 화두話頭에 대한 기호학적 분석으로 박사학위를 받았다. 현재 대구가톨릭대학교 교수로 재직중이다. 지은 책으로 『현대 기호학과 문화 분석』 『신곡―저승에서 이승을 바라보다』가 있고, 옮긴 책으로 파베세의 『냉담의 시』 『피곤한 노동』 『레우코와의 대화』, 베르가의 『말라볼리아가의 사람들』, 아리오스토의 『광란의 오를란도』(전5권), 타부키의 『플라톤의 위염』 『집시와 르네상스』, 프리모 레비의 『멍키스패너』, 단테의 『신곡』 『향연』, 에코의 『번역한다는 것』 『논문 잘 쓰는 방법』 『대중문화의 이데올로기』 『신문이 살아남는 방법』, 칼비노의 『마르코발도 혹은 도시의 사계절』 『교차된 운명의 성』, 모라비아의 『로마 여행』, 과레스키의 『신부님, 우리 신부님』 등 다수가 있다.

페르난두 페소아의 마지막 사흘

안토니오 타부키 선집 7

김운찬 옮김

페르난두 페소아의 마지막 사흘

어느 정신착란

Antonio Tabucchi
Gli ultimi tre giorni di
Fernando Pessoa:
Un delirio

문학동네

Gli ultimi tre giorni di Fernando Pessoa
by Antonio Tabucchi
Collection La Librairie du XXIᵉ siècle,
sous la direction de Maurice Olender

일러두기
1 이 책은 다음의 원서를 완역한 것이다:

  Antonio Tabucchi, *Gli ultimi tre giorni di Fernando Pessoa: Un delirio*, Palermo: Sellerio, 1994. 단, 페르난두 페소아가 알바루 드 캄푸스라는 이름으로 쓴 시 「담배 가게Tabacaria」(1928)는 한국어판 부록이다. 이 시는 타부키가 페소아에게 첫눈에 반한 시다.
2 본문의 주는 모두 옮긴이 주다. 주에서 빠진 페소아의 전기적 자료들과 관련한 주요 핵심 인물에 대한 상세 정보는 타부키가 덧붙인 「이 책에 나오는 등장인물들」을 참조하길 바란다.
3 단행본이나 신문은 『 』로, 시 한 편이나 글을 가리킬 때는 「 」로, 그림이나 노래 등은 〈 〉로 표시했다.

안토니오 타부키 선집을 펴내며

박상진

부산외국어대학교 이탈리아어과 교수

이탈리아 작가 안토니오 타부키Antonio Tabucchi(1943~2012)
는 현대 작가들 중에서 단연 독특한 위치에 있다. 그의 창작
법과 주제는 남다르다. 그의 글을 읽으면 우선 서술기법의 특
이함에 매료된다. 그의 글에서는 대화를 따옴표로 묶어 돌출
시키지 않고 문장 안에 섞는 경우가 많다. 그러나 잘 들린다.
물속에서 듣는 느낌, 옛날이야기를 듣는 느낌, 그러나 말의
날이 도사리고 있는 느낌이다. 그렇게 인물의 목소리는 화자
의 서술 속으로 녹아들면서 내면 의식의 흐름으로 변환된다.
그러면서 그 내면 의식이 인물의 것인지 화자의 것인지 잘 구
분되지 않는다. 마치 라이프니츠의 단자처럼, 외부가 없이 단
일하면서 다양한 존재 방식으로 세계를 이해하려는 듯 보인
다. 독자가 이러한 창작 방식을 장편으로 견디기는 쉽지 않다.
그래서인지 그의 글들은 대부분 짧다.

　타부키는 콘래드, 헨리 제임스, 보르헤스, 가르시아 마르케
스, 피란델로, 페소아와 같은 작가들의 영향을 받았다. 특히
피란델로와 페소아처럼 그의 인물들은 다중인격의 소유자로
나타나며, 그들이 받치는 텍스트는 수수께끼와 모호성의 꿈
같은 분위기 속에서 자유연상의 메시지를 실어나른다. 또 지
적인 탐사를 통해 이국적 장소를 여행하거나 정신적 이동을

하면서 단명短命한 현실을 창조한다. 이 단명한 현실은 부서진 꿈의 파편처럼, 조각난 거울 이미지처럼, 혹은 끊어진 필름의 잔영처럼 총체성을 불허하는 '지금 여기'의 현실을 반영한다. 텍스트 바깥에서든 안에서든 그는 머물지 않는다.

움베르토 에코를 비롯하여 세계적으로 알려진 생존하는 이탈리아 작가들이 사회와 정치에 대한 의식이 부족하다는 비판을 받는 것과 대조적으로 타부키는 이탈로 칼비노와 엘사 모란테, 알베르토 모라비아, 레오나르도 샤샤와 같이 사회와 역사, 정치에 거의 본능적으로 개입했던 바로 앞 세대 작가들의 노선을 이어받았다. 개성적인 상상의 세계를 독특하게 펼쳐내면서도 그 속에서 무게 있는 사회역사적 의식을 담아내는 데 성공한 것이다. 소설과 수필의 형식을 통해 상상의 세계를 그려내는 측면뿐만 아니라 사회 현실과 철학적 화두를 에세이 형식으로 펼쳐내는 존재론적, 실천적 문제 제기는 신랄하면서도 깊은 울림을 지닌다.

타부키의 텍스트는 탄탄하고 깔끔하다. 군더더기가 없다. 넘치지도 모자라지도 않는다. 의식은 텍스트에서 직접 표출되지 않는다. 그보다는 인물의 심리, 내적 동요, 열망, 의심, 억압, 꿈, 실존의식과 같은 것들의 묘사를 통해 떠오른다. 바로 그 점이 그의 텍스트를 열린 것으로 만들어준다. 그의 텍스트는 전후의 시간적, 논리적, 필연적 인과성을 결여한 채, 서로 분리되면서도 연결되는 구조로 되어 있다. 그래서 독자는 중간에 머물 수도 있고, 일부를 건너뛸 수도 있으며, 거꾸로 읽을 수도 있을 것이다. 작가는 독자가 자유롭게 읽을 수 있도록 배려를 아끼지 않는다. 그러나 독자에게 대답을 찾는 퍼즐을 제시하기보다는, 계속해서 물음을 떠올리고 스스로의 퍼즐을 만들어나가도록 한다. 타부키의 텍스트가 퍼즐로 이루어진 것은 맞지만 그 퍼즐은 또다른 퍼즐들을 생산하는 일종의 생산 장치이며 중간 기착지인 것이다. 그 퍼즐들을 갖고 씨름하면서 독자는 자기를 둘러싼 사회와 역사의 현실들, 그리고 그 현실들을 투영하는 자신의 내면 풍경들을 조망하게 된다.

타부키는 이탈리아에서 태어나 교육을 받았지만 평생 포르투갈을 사랑했고 포르투갈 여자를 아내로 삼았으며 포르투갈의 문화를 연구하고 소개했다. 피사 대학에서 포르투갈 문학을 전공했고 리스본의 이탈리아 대사관에서 일했으며 시에나 대학에서 포르투갈 문학을 가르쳤고 페르난두 페소아의 작품을 번역했다. 또 그의 작품들 상당수는 문학, 예술, 음식에 이르기까지 포르투갈의 흔적들로 채워져 있다. 포르투갈은 그에게 영혼의 장소, 정념의 장소, 제2의 조국이었다. 타부키는 거의 일생 동안 그 땅은 자신을 받아들였고 자신은 그 땅을 받아들였다고 고백한다. 그는 그의 깊숙한 곳에 자리한, 그도 그 깊숙이 자리하고 있는, 그러한 나라를 평생 기억하고 묘사한다.

포르투갈의 흔적은 타부키에 대해 비교문학적인 자세와 방법으로 접근할 것을 요구한다. 타부키 스스로가 대학에서 비교문학을 가르친 비교문학자였다. 비교는 경계를 넘나들면서 안과 밖을 연결하고 또한 구분하도록 해준다. 포르투갈에 대한 타부키의 관심은 은유적인 것에 그치지 않는다. 그는 포르투갈의 정체성을 탐사하면서 그로써 이탈리아의 맥락을

환기시킨다. 최종 목적지가 어느 한 곳은 아니지만, 타부키가 포르투갈을 이탈리아의 국가적, 지역적 정체성의 문제를 검토하는 무대로 사용한 것은 틀림없다. 또 그 자신이 서구인임에도 영어권을 하나의 중심으로 놓고 스스로를 주변인으로 인식하는가 하면, 포르투갈의 입장에 서서 유럽을 선망의 대상이자 극복의 대상으로 보기도 한다.

이번에 선보이는 '안토니오 타부키 선집'에 포함된 소설과 에세이는 주로 1990년대 전후에 발표된 것들이다. 이 시기는 타부키가 활발하게 활동한 기간이기도 하지만, 세계사적 차원에서 이념적, 경제적, 정치적으로 급격한 변화가 있었던 시대였고, 이탈리아도 예외는 아니었다. 그러나 타부키가 정작 관심을 둔 것은 현실 그 자체라기보다는, 그 현실이 개인의 내면과 맺는 관계와 양상이었다. 바로 이 때문에 그의 글은 독자로 하여금 깊은 울림을 체험하게 한다. 소설뿐만 아니라 에세이 형식으로 상상의 세계와 함께 이론적 논의를 풍성하게 쏟아낸 그의 글들 역시, 역사와 현실에 대한 지식인적 대결의 자유로우면서 진지한 면모를 보여준다.

'안토니오 타부키 선집'과 더불어 현대 이탈리아 문학의 한 단면이 지닌 정신적 깊이와 실천적 열정을 독자들 역시 확인할 수 있기를 바란다.

안토니오 타부키 선집을 펴내며

차례

페르난두 페소아의 마지막 사흘

1935년 11월 28일   11

1935년 11월 29일   31

1935년 11월 30일   51

이 책에 나오는 등장인물들   61

한국어판 부록: 페르난두 페소아의 시 「담배 가게」   69

안토니오 타부키 연보   81

옮긴이의 말   85

1935년 11월 28일

1

먼저 면도를 해야겠어요. 그가 말했다. 이렇게 긴 수염으로 병원에 가고 싶지 않아요. 부탁해요, 가서 이발사를 불러줘요. 마나세스 씨인데, 길모퉁이에 살고 있습니다.

하지만 시간이 없어요, 페소아 씨. 문지기 여자가 대꾸했다. 택시가 벌써 문 앞에 와 있고, 당신 친구들이 벌써 도착해서 입구에서 기다리고 있잖아요.

괜찮아요. 그가 답했다. 시간이야 늘 있어요.

그는 마나세스 씨가 언제나 면도를 해주던 작은 안락의자에 앉았고, 마리우 드 사카르네이루[1]의 시를 읽기 시작했다.

마나세스 씨가 들어와 저녁 인사를 했다. 페소아 씨, 몸이 좋지 않다고 하던데, 심각한 일이 아니기를 바랍니다.

그는 목 주위에 수건을 두르고 비누칠을 하기 시작했다.

나한테 이야기 하나 해주세요. 페소아가 말했다. 마나세스 씨, 당신은 재미있는 이야기들을 많이 알고 있고, 이발소에서 많은 사람을 만나잖아요. 무슨 이야기든 좋으니 하나 해주세요.

---

1 Mário de Sá-Carneiro(1890~1916). 포르투갈의 시인이자 극작가로 페소아의 친구였고, 함께 1915년 창간된 아방가르드 문학지 『오르페우*Orpheu*』를 이끌었다.

페소아는 최근에 재단한 검은색 옷을 입었고, 나비넥타이를 맸고, 안경을 썼다. 춥지 않았지만, 밖에는 비가 내리고 있었다. 그래서 노란색 오버코트를 입었고, 펜과 수첩을 들고 계단을 내려가기 시작했다.

계단 중간에서 친구 프란시스쿠 고베이아와 아르만두 테이셰이라 헤벨루를 만났다.[2] 그들은 염려하는 표정으로 물방울이 떨어지는 우산을 손에 들고 있었다. 우리가 함께 가겠네. 그들이 동시에 말했다. 페소아는 멍한 미소를 지었다. 오른쪽 옆구리에 예리한 통증이 느껴져 온화한 표정을 지을 수 없었다. 내려가는 것을 도와주려고 두 친구가 팔을 내밀었으나, 페소아는 이를 받아들이지 않고 난간에 몸을 지탱했다. 현관 입구에는 택시 기사와 이야기하고 있던 사장 모이티뉴 드 알메이다 씨가 있었다. 나도 함께 가겠습니다, 페소아 씨. 모이티뉴 드 알메이다 씨가 걱정스러운 표정으로 말했다. 나도 함께 가고 싶어요. 당신이 그렇게 가게 놔둘 순 없습니다.

걱정 마세요, 모이티뉴 드 알메이다 씨. 페소아가 속삭이듯 말했다. 두 친구가 저와 함께 가니까, 걱정 안 하셔도 됩니다.

하지만 모이티뉴 드 알메이다 씨는 단호해 보였고, 그가 앞쪽 문을 열어주자, 페소아는 택시 기사 옆자리에 올라탔고 세 동반자는 뒷자리에 앉았다.

2 Francisco Gouveia/Armando Teixeira Rebelo. 고베이아는 1935년 11월 30일 저녁 여덟시 삼십분경 숨을 거둔 페소아의 임종을 지켰던 오랜 친구이며, 헤벨루는 페소아와 문학적 친분이 오래된 사이로 페소아는 그에게 「기차에서 보는 알렌테주」라는 영시와 더불어 카드를 써 보낸 바 있다.

택시를 타고 가면서, 페소아는 차창으로 이스트렐라 성당의 둥근 지붕을 오랫동안 바라보았다. 커다란 바로크식 돔 지붕에다 정면이 장식된 성당은 아름다웠다. 바로 그 성당 앞 공원에서, 오래전 페소아는 자신의 유일하고 위대한 사랑이었던 오펠리아 케이로스와 약속을 하곤 했다. 이스트렐라 공원 벤치에서, 그녀와 수줍은 입맞춤과 함께 영원히 사랑하겠다는 엄숙한 약속을 나누었다.

하지만 삶은 나보다, 내 사랑보다 더 강했어. 페소아는 중얼거렸다. 용서해줘, 오펠리아. 하지만 나는 글을 써야 했어. 오로지 글을 써야만 했어. 다른 건 할 수 없었어. 이제 끝났어.

택시는 의사당 앞을 지나갔고, 칼사다 두 콩브루로 들어갔다. 아주 오래전에 그 구역의 셋방에서 산 적이 있었다. 주인은 마리아스 다스 비르투드스 부인이었다. 그녀에 대해서는 아주 잘 기억했는데, 풍성한 가슴에다 머리칼을 노란색으로 물들인 예순 살의 부인으로, 저녁이면 그를 초대해 그녀가 담근 버찌주를 마시게 하고는 심령 모임에 참석하도록 했다. 그녀는 죽은 남편 페레이라 준위와 접촉했고, 남편과 함께 오랫동안 아프리카 전쟁과 고춧값에 대해 이야기를 나누었다. 함께 진자냐[3]를 마시고 브랜디에 절여진 버찌를 먹고 나면, 페소아는 인사를 하고 헤어졌다. 안녕히 주무세요, 마리아스 다스 비르투드스 부인. 좋은 꿈 꾸세요. 그러고는 자기 방으로 들어갔다. 그런 날 저녁이면 그는 베르나르두 소아르스와 접

---

3 브랜디에 시큼시큼한 버찌와 설탕 등을 첨가해 만든 포르투갈의 전통 독주.

촉했고, 그를 대신하여 『불안의 책』을 쓰곤 했다.[4] 새벽에 깨어나 리스본 시가지 위에서 단계적으로 변화하는 빛의 색조를 바라보며, 어머니가 남아프리카에서 보내준 가죽 장정의 조그마한 수첩에다 그것을 기록하곤 했다.

루스 소리아누 거리에 도착했을 때 어느 경찰이 차를 세웠다. 지나갈 수 없습니다. 경찰이 말했다. 민족주의 시위대가 도로를 점령하고 있고, 악단과 다른 모든 게 거기에 있어서요. 오늘은 도시가 축제중입니다.

　모이티뉴 드 알메이다 씨가 차창으로 몸을 내밀었다. 나는 모이티뉴 드 알메이다 박사요. 그가 위엄 있게 말했다. 우리는 상 루이스 두스 프란세즈스 병원에 가야 해요. 환자가 타고 있습니다.

　경찰은 베레모를 벗었고 머리를 긁적이며 말했다. 그렇다면, 시뇨르, 조금 돌아가는 길을 가르쳐드리지요. 금지된 방향이긴 한데, 이런 상황에서는 어쨌든 통과할 수 있을 겁니다. 여기서 오른쪽으로 돈 다음, 왼쪽으로 가시면 바이후 알투 구

4 페소아의 대표적인 다른 이름들—알베르투 카에이루, 히카르두 헤이스, 알바루 드 캄푸스—이 등장하기 직전인 1913년, 포르투에서 발행되던 『아기아 A Águia』라는 잡지에 페소아는 이 책의 일부 원고를 발표한 바 있다. 페소아는 소아르스를 수많은 다른 이름 가운데 자신과 가장 흡사하다고 하여 '반이명半異名'으로 불렀다. 『불안의 책』 영어판 번역가이자 명망 있는 페소아 연구자인 리처드 제니스의 해설을 참조하자면, 1935년 1월 13일 서신 기록에서 페소아는 다음과 같이 밝히고 있다. "알바루 드 캄푸스와 여러 면에서 닮은 베르나르두 소아르스는 내가 잠들거나 졸고 있을 때 항상 나타나 내 억압된 성질과 이성적 사유를 멈추게 한다. 그의 산문은 끝없는 몽상이다…… 그는 합리성과 감정을 없앤다." 이 책은 결국 '리스본의 회계원 베르나르두 소아르스의 작품'이라는 부제와 함께 '사실 없는 자서전'이라는 머리말 메모가 붙은 채 미완성작 『불안의 책』으로 묶여 페소아 사후에 출간되었다.

역입니다. 페소아는 미소를 지었다. 경찰을 알아보았기 때문이다. 그는 드물게 사용하는 자신의 '다른 이름'[5] 코엘류 파셰쿠였다. 그는 단 한 번 시를 썼는데 신고딕 양식의 음울하고 공상적인 시였다. 코엘류 파셰쿠가 경찰로 변장하고 거기에서 무엇을 하고 있는 것일까? 아마 그에게 좋은 길을 마련해주도록 스승[6]이 보낸 것 같다. 페소아는 손을 들었고, 그에게 비밀 신호를 보냈다. 코엘류 파셰쿠도 그에게 비밀 신호를 보냈고, 택시는 오른쪽 첫번째 길로 들어갔다.

병원 수납 창구에는 간호사가 졸고 있었다. 모이티뉴 드 알메이다 씨가 간호사에게 말을 걸어 당직 의사를 요청했고, 응급 상황이라고 전했다.

페소아는 안락의자에 앉아 꿈을 꾸기 시작했다. 자기 어린 시절의 조각들을 보면서 정신병원에서 죽은 할머니 디오니시아의 목소리를 들었다. 페르난두. 그의 할머니가 말했다. 너는 나와 똑같을 게야. 좋은 혈통은 거짓말을 안 하니까. 그

---

5 페소아는 칠십여 개의 허구적 인물을 만들어내어 그 이름들로 작품을 썼다. 작가는 이들을 단순한 필명이나 별명과는 다르다는 의미로, 자신의 '다른 이름Heterónimo'들이라고 피력했다. 그들은 각자 고유한 개성과 특징, 나름대로의 삶과 전기까지 갖춘 존재들로서, 페소아의 또다른 자아自我 또는 내부의 타자他者들이며, 동시에 그의 분신分身으로 볼 수 있다. 여기서는 한자어를 피해 '다른 이름'으로 옮겼는데, 다른 한국어판에서는 '이명異名'으로도 옮겼고, 관련 논문을 쓴 송필환은 '가상인물'로 옮기기도 했다.(「포르투갈의 모더니즘 운동: 페르난두 뻬쏘아Fernando Pessoa와 가상인물Heterónimos의 세계」, 『이베로아메리카』 제4집, 85~100쪽, 부산외국어대학교, 2002)

6 '스승'은 페소아의 다른 이름 중 하나이자, 페소아 자신을 포함해 다른 이름 모두의 스승이라고 밝힌 알베르투 카에이루를 가리킨다. 일례로 1912년에 헤이스가, 1913년에 모라가, 1914년에 캄푸스에 이어 페소아가 스승을 만났다고 기록하고 있다.

래서 너는 평생 나와 함께 있게 될 거야. 삶이란 광기인데, 어떻게 이 광기로 살아가야 할지 너는 알게 될 테니 말이다.

저를 따라오세요. 의사가 말하며 페소아의 팔을 잡아 부축했다. 그가 어느 조그마한 진찰실로 안내했는데, 거기에는 작은 침대가 하나 있었고 강한 소독약 냄새가 났다. 옷을 벗으세요. 의사가 명령했다. 페소아는 옷을 벗었다. 누우세요. 의사가 명령했다. 페소아는 누웠다. 의사는 그의 몸을 손으로 만지면서 진찰을 시작했다. 간장 부근에 이르자 페소아가 신음 소리를 냈다. 언제부터 아팠습니까? 의사가 물었다. 오후부터요. 페소아가 답했다. 증상은 어땠어요? 의사가 물었다. 엄청난 통증이 있었고 녹색 물을 토했습니다. 페소아가 답했다.

의사는 간호사를 불러 환자를 4호실로 데려가라고 말했다. 그러고는 진료부에다 '간경변증'이라고 써넣었다.

페소아는 친구들에게 인사했다. 모이티뉴 드 알메이다 씨가 남아 있으려 했으나, 페소아가 다정히 그를 내보냈다. 다른 두 친구도 가볍게 껴안았다. 그리고 말했다. 이제 그만 가보게, 사랑하는 친구들. 오늘밤과 내일은 아마도 방문객들을 맞이해야 할 것 같아. 모레 만나세.

병실은 자그마하니 소박한 방으로, 작은 철제 침대 하나와 하얀색 옷장과 조그마한 탁자가 있었다. 페소아는 침대 안으로 들어가 머리맡 탁자의 불을 켰고, 머리를 천천히 베개에 기대고는 한 손으로 오른쪽 옆구리를 가만히 쓰다듬었다. 다행히 지금은 통증이 훨씬 무뎌졌다. 간호사가 물 한 컵과 알약 하나를 가져다주며 말했다. 실례합니다, 주사를 놓으려고요. 의사 선생님이 지시하셨답니다.

페소아는 아편팅크를 부탁했다. 베르나르두 소아르스로서, 잠을 잘 수 없을 때면 습관적으로 복용하던 진정제였다. 간호사가 가져다주자 페소아는 그것을 마셨다. 저는 카타리나예요. 간호사가 말했다. 뭐든 필요한 게 있으면 벨을 누르세요. 제가 바로 올 거예요.

2

몇 시지? 페소아는 물었다.

거의 자정일세. 알바루 드 캄푸스가 대답했다. 자넬 만나기에 좋은 시간이지, 유령들의 시간이니까.

왜 왔나? 페소아가 물었다.

자네가 이제 떠난다고 하면, 우리가 서로 나눠야 할 얘기가 몇 가지 있어서 말일세. 알바루 드 캄푸스가 답했다. 내가 자네보다 더 오래 살지는 못할걸, 자네와 함께 떠날 테니까. 어둠 속으로 굴러떨어지기 전에 서로 할말이 있잖나.

페소아는 베개에서 몸을 일으켰고, 물을 한 모금 마신 뒤 물었다. 자네, 무슨 일 저질렀어?

사랑하는 친구. 알바루 드 캄푸스는 말했다. 기쁘게도 이제 자네는 날 기사$^{ 技士}$라고 부르지도 않고, 내게 높임말을 쓰지도 않고, 날 친근하게 대해주는군.[7]

물론이지. 페소아가 답했다. 자네는 내 삶 속으로 들어왔고, 나를 대신했고, 바로 자네가 나와 오펠리아의 관계를 끝장나게 만들었지.

자네를 위해서 그렇게 한 걸세. 알바루 드 캄푸스가 반박했다. 이제 겨우 친권에서 벗어난 그 소녀가 자네 또래 남자

7 페소아는 자신이 창조한 다른 이름의 인물들과 언제나 높임말로 관계를 유지했다.

랑은 어울릴 수 없어. 잘못된 결혼이 됐을 거네. 그리고 자네도 알다시피, 자네가 쓴 그 모든 연애편지는 우스꽝스러워.[8] 나는 모든 연애편지가 우스꽝스럽다고 생각하네. 간단히 말해 난 자네를 우스꽝스러움으로부터 지켜준 거라고. 나한테 고마워해야지.

그녀를 사랑했어. 페소아가 읊조렸다.

우스꽝스러운 사랑이었지. 알바루 드 캄푸스가 되받았다.

그래, 물론 그럴 수도 있겠지. 페소아가 답했다. 그러면 자네는?

나? 캄푸스가 말했다. 나는, 그래, 내겐 아이러니가 있지. 자네에게 한 번도 보여준 적 없는 소네트를 한 편 썼거든.[9] 자네가 당황스러워할지도 모를 연애시야. 한 청년에게, 그러니까 간단히 말해 영국에서 내가 사랑했고 또한 나를 사랑한, 어느 청년에게 바친 시니까. 그래서 그 소네트가 발표되면 자네의 억압된 사랑에 대한 하나의 전설이 탄생할 테고, 일부 비평가들에게는 행복한 일이 되겠지.

정말로 누군가를 사랑했어? 페소아가 속삭였다.

정말로 누군가를 사랑했지. 알바루 드 캄푸스가 낮은 목소리로 대답했다.

---

8 "Todas as cartas de amor são/ Ridículas." 1935년 10월 21일 알바루 드 캄푸스의 이름으로 남긴 마지막 시 제목이자 시구. 페소아는 1888년생, 캄푸스는 1890년생, 오펠리아는 1900년생으로, 페소아는 1919년 11월 거래처 회사에서 일하던 열아홉 살 앳된 그녀를 처음 알았다. 둘은 열두 살 정도 차이가 났고, 캄푸스라는 인물을 각별히 아꼈던 페소아는 그의 사적인 기록에서 캄푸스가 둘 사이에 끼어들어 오펠리아와 결별했다고 쓰고 있다.

9 알바루 드 캄푸스는 1922년의 「이미 오래된 소네트Soneto já antigo」에서 이름을 밝히지 않은 동성인 어느 청년에 대한 사랑을 고백하였다.

그렇다면 자네를 용서하네. 페소아가 말했다. 내 자네를 용서하지. 난 자네가 평생 이론만 사랑한다고 생각했어.

아니야. 캄푸스는 침대로 가까이 다가가며 말했다. 나는 삶도 사랑했어. 비록 미래주의적이고 광폭한 송시頌詩들에서 내가 허풍을 떨었고, 내 허무주의 시들에서 모든 걸, 심지어 나 자신마저 파괴했어도, 삶 속에서 고통스러운 의식과 함께 나 자신도 사랑했다는 걸, 자넨 알아주었으면 해.

페소아가 손을 들어 비밀 신호를 했다. 그리고 말했다. 자네를 용서하네, 알바루. 영원한 신들과 함께 가게나. 자네가 사랑했다면, 그게 오직 단 하나의 사랑이었다 해도 자네는 용서받았어. 자네는 인간적인 사람이고, 내가 용서하는 건 자네의 인간성이니까.

담배 한 대 피워도 되겠나? 캄푸스가 물었다.

페소아는 괜찮다고 머리를 끄덕였다. 캄푸스는 호주머니에서 은제 담뱃갑을 빼내서 담배 한 개비를 꺼냈고, 긴 상아 물부리에 끼워 불을 붙였다. 이봐, 페르난두. 캄푸스가 말했다. 내가 데카당스 시인이었을 때, 대양 횡단 여객선을 타고 동방의 바다로 여행하던 시절이 그립네. 아, 당시에 난 달에게도 시를 쓸 수 있었지. 자네에게 장담하건대, 저녁에 선교船橋 위에서 선상 무도회가 열릴 때면, 달이 어찌나 화려하고 내게 잘 어울렸는지. 하지만 그 당시 난 멍청했어. 삶에 대해 빈정거렸고, 주어진 삶을 즐길 줄 몰랐고, 그래서 기회를 잃었어. 삶은 나한테서 달아나고 말았지.

그다음에는? 페소아가 물었다.

그다음에는 현실을 해석하려고 시도했지. 마치 현실을 해석할 수 있는 것처럼 말일세. 그래서 낙담을 맛봤고, 그리고 낙담과 함께 허무주의가 왔고, 그후로는 아무것도 믿을 수 없었지, 나 자신조차도. 그리고 오늘 난 여기 자네 머리맡에 왔네, 쓸모없는 걸레처럼. 나는 어디에도 없는 장소를 위해 짐을 꾸렸어. 내 마음은 텅 빈 양동이야.[10] 캄푸스는 머리맡 탁자로 가서 도자기 재떨이에다 담배꽁초를 짓눌러 끄며 말했다. 좋네, 사랑하는 페르난두, 자네에게 지금 몇 마디 해야 할 필요가 있었어, 우리가 각자 떠나고 있는 중인지도 모르니까. 이제 난 가봐야겠네. 다른 사람들도 자네를 만나러 오겠지, 알아, 자네에게 이제 시간이 얼마 남지 않았네. 안녕.

캄푸스는 어깨 위에다 망토를 걸쳤고, 오른쪽 눈에다 외알 안경을 썼고, 손으로 재빨리 인사했고, 문을 열었고, 잠시 멈추고는 다시 한번 말했다. 안녕, 페르난두. 그런 다음 속삭였다. 아마 모든 연애편지가 우스꽝스럽지는 않을 거야. 그러고는 문을 닫았다.

---

10 캄푸스의 이름으로 쓴 「담배 가게」(1928)에 나오는 시구.

3

몇 시였지? 페소아는 알 수 없었다. 밤이었던가? 벌써 날이
샜나? 간호사가 왔고 다른 주사를 놓았다. 페소아는 오른쪽
옆구리에 더이상 통증을 느끼지 않았다. 이제 그는 이상하게
평온한 상태에 있었으니, 마치 안개가 그의 위로 내려앉고 있
는 것 같았다.

다른 사람들이, 이제 다른 사람들이 오겠지. 페소아는 생
각했다. 물론 떠나기 전에 모두에게 작별 인사를 하고 싶었다.
하지만 한 만남이 그를 불안하게 했는데, 바로 카에이루 스승
과의 만남이었다. 왜냐하면 카에이루는 히바테주에서 왔고,[11]

11 본명은 알베르투 카에이루 다 실바이며, 1889년 4월 16일 리스본에서 태어나
1915년 폐결핵으로 죽기까지 포르투갈 중부 내륙 지방인 히바테주에서 대부분의
시를 쓰며 거의 평생을 보내다, 죽기 몇 달 전에 고향 리스본으로 돌아온다. 그가 죽
고 나서도 페소아는 이 이름으로 1930년까지 시를 발표한다. 한 편지에서 페소아는
1914년 3월 8일에 스승 알베르투 카에이루를 만난 날을 소상히 밝히고 있다. "복잡한
성격의 전원시인"의 탄생을 궁리하다 '양들의 보호자 O Guardador de Rebanhos'라
는 제목으로 시작하는 서른 편이 넘는 시와 「사선으로 내리는 비Chuva oblíqua」라는
시 여섯 편을 갑자기 사로잡힌 듯 써내려간 강렬한 그날의 느낌을 기념하기 위해, 이
날을 '승리의 날'이라고 특기한다. 전자의 시들에서 페소아는 자신의 내부에서 스승
이라 부를 만한 인물의 탄생을 느꼈다고 기록하면서 그를 '알베르투 카에이루'라 이
름했고, 후자의 시들에서는 "알베르투 카에이루로서 부재했던 것에 대항한 페르난두
페소아의 반응"으로서 그 인물의 영향력을 이어받은 동시에 이를 벗어나 페르난두
페소아 자신으로서 새로 써낸 시들이라고 설명한다. (김한민 엮고 옮김, 「편지 2―아
돌푸 카사이스 몬테이루에게」, 『페소아와 페소아들』, 워크룸프레스, 2014 참조)

건강이 너무 안 좋았기 때문이다. 리스본까지 어떻게 왔을까, 어쩌면 마차로 왔으려나? 사실 카에이루는 이미 죽었다. 하지만 여태 살아 있었고, 히바테주의 하얗게 석회를 바른 작은 집에 영원히 살아 있을 것이며, 거기에서 집요한 눈으로 계절의 흐름, 겨울에 내리는 비, 여름 무더위를 바라볼 것이다.

문 두드리는 소리가 들리자, 페소아가 말했다. 들어오세요.

알베르투 카에이루는 모피 칼라가 달린 벨벳 재킷을 입고 있었다. 옷을 봐도 알 수 있듯, 그는 시골 사람이었다.

아베, 스승님, 모리투리 테 살루탄트.[12] 페소아가 말했다. 카에이루가 침대 발치로 다가가 팔짱을 꼈다. 그리고 말했다. 사랑하는 페소아, 자네에게 한 마디 하러 왔소. 고백을 하나 해도 될까 모르겠소.

하십시오. 페소아가 답했다.

밤에 어느 미지의 스승이 자네를 깨우고, 자네에게 자기 시구를 받아쓰게 하고, 자네 영혼에게 말을 걸었을 때, 그 스승이 바로 나였다는 것을 알았으면 하네. 저 너머에서 자네와 접촉했던 사람이 나라는 걸 말일세. 카에이루가 말했다.

짐작하고 있었습니다, 사랑하는 스승님, 스승님일 거라고 짐작하고 있었지요. 페소아는 말했다.

하지만 나는 자네에게 수많은 불면의 밤을 보내게 만든 것에 대하여 용서를 구하고 싶네. 카에이루가 말했다. 그 수많은 밤에 자네는 잠을 이루지 못했고, 마치 황홀경에 빠진 듯

12 '카이사르(황제 폐하) 만세, 죽어갈 자들이 당신께 인사드립니다Ave, Caesar (Imperator), morituri te salutant'라는 라틴어를 차용한 말로, 고대 로마의 검투사들이 죽음을 건 시합에 앞서 황제를 향해 외치던 인사말이다.

글을 썼지. 자네를 그렇게 귀찮게 만든 것에 대해, 자네의 영혼을 점령한 것에 대해 후회하네.

스승님은 제 작품에 기여하신 바가 있습니다. 페소아가 답했다. 제 손을 인도하셨고, 저에게 불면의 밤을 주셨어요, 사실입니다. 하지만 저에게는 풍요로운 밤들이었고, 저의 문학 작품은 바로 밤에 태어났지요. 제 작품은 밤의 작품입니다.

카에이루는 재킷을 벗어 침대 등받이에 걸쳐놓았다. 그리고 속삭였다. 하지만 자네에게 말하고 싶은 것은 단지 그것 하나가 아닐세. 별들 사이만큼 멀리 떨어진 거리가 우리를 갈라놓기 전에 자네에게 고백하고 싶은 비밀이 있네만, 어떻게 말해야 할지 모르겠네.

편히 말하세요. 페소아가 말했다. 일상적인 이야기를 하듯이 말이에요.

좋네. 카에이루가 말했다. 내가 자네 아버지일세. 잠시 침묵하더니 듬성듬성한 하얀 수염을 쓰다듬으며 이어 말했다. 자네 아버지, 그러니까 자네가 어렸을 때 결핵으로 죽은 자네의 친부 조아킹 드 세아브라 페소아 노릇을 대신했어. 그러니까 내가 그분을 대신했단 말일세.

페소아는 미소를 지었다. 알고 있었어요. 그리고 말했다. 저는 언제나 스승님을 아버지로 여겨왔습니다. 꿈속에서도 언제나 제 아버지였어요. 조금도 자책하실 것 없어요, 스승님, 제 말을 믿으세요. 스승님은 저에게 아버지였고, 내면의 삶을 주신 분이었습니다.

그렇긴 해도 단순한 삶을 살았지. 카에이루는 답했다. 짧은 시간 동안 고모할머니와 시골집에 살면서, 단지 지나가는 세월과 계절, 양떼에 대해서만 썼네.

그렇죠. 페소아가 맞받았다. 하지만 저에게 스승님은 눈이자 목소리였어요. 글을 쓰는 눈이었고, 밀라레파[13]나 소크라테스처럼 제자들을 가르치는 목소리였습니다.

나는 거의 교육을 받지 못한 사람이네. 카에이루가 말했다. 정말 단순한 삶을 살았지. 그가 되뇌었다. 반면에 자네는 강렬한 삶을 살았고, 유럽의 아방가르드를 해석했고, 감각주의와 교차주의[14]를 창안해냈고, 리스본의 문학 카페들에 출입하였지. 그러는 동안 나는 저녁을 먹은 뒤 석유 등잔불에 혼자 하는 카드놀이를 하면서 시간을 보냈네. 그런데 어떻게 내가 자네 아버지이자 스승이 될 수 있었나?

삶은 해독할 수 없어요. 페소아는 답했다. 절대 물어보지도 말고, 절대 믿지도 마세요. 모든 건 감춰져 있습니다.[15]

그렇지. 카에이루가 되받았다. 하지만 다시 한번 말하는데, 어떻게 내가 자네 아버지이자 스승이 될 수 있었던 건가?

페소아는 베개에서 몸을 일으켰다. 힘겹게 숨을 내쉬자, 방

---

13 12세기경 티베트 불교에서 가장 널리 알려진 승려이자 학자 중 한 사람.

14 센사시오날리즈무sensacionalismo/인테르세시오니즈무interseccionismo. 페소아가 창안해낸 포르투갈의 아방가르드 문학운동들로, 전자는 '관능(쾌락)주의, 감각주의' 등으로 옮길 수도 있는데, 영어식 또다른 번역 용어인 '선정주의sensationalism'와는 차이가 있다. 페소아는 외부 현실과 내부 현실, 본명과 다른 이름들, 현실과 꿈 사이를 횡단하며 무수한 복수성으로 존재하고자 했던 작가로, 감각을 통한 가시적 세계의 사회적 심리적 인식에 무척이나 민감하게 반응했다. 또한 "이교도주의 재건자이자 이교주의가 영원히 갖고 있던 본질의 창시자"인 카에이루를 비롯해 '히카르두 헤이스'와 '안토니우 모라'라는 다른 이름을 통해 고대 그리스의 가치를 '포르투갈의 신이교주의 정신'으로 되살리고자 한 작가의 문학 기록을 살펴볼 때, 모든 인식이 감각에서 출발한다는 고대 그리스 철학의 인식론에 기반을 둔 철학 용어로서 '감각주의'로 옮기는 것이 낫다고 판단했다. 페소아는 '토머스 크로스Thomas Crosse'라는 다른 이름으로 「포르투갈의 감각주의자들」이라는 짧은 글을 쓰기도 했다.(김한민 엮고 옮김, 『페소아와 페소아들』, 워크룸프레스, 2014 참조)

15 페소아의 시 「크리스마스」에 나오는 마지막 시구.

이 눈앞에서 빙빙 도는 것 같았다. 제가 말씀드리지요, 카에이루 스승님. 그가 답했다. 사실 저는 안내자와 구심점이 필요했습니다. 저를 이해하실지 모르겠네요. 만약 그렇지 않았더라면 제 삶은 산산이 부서지고 말았을 텐데, 스승님 덕택에 저는 구심점을 찾았던 거지요. 사실상 당신을 아버지이자 스승님으로 선택한 건 접니다.

자, 자네에게 선물을 하나 가져왔네. 카에이루가 말했다. 산문으로 쓴 간략한 시라네. 이 시는 절대 출판하지 못하겠지만, 이제 자네가 떠나려고 하니 읽어주겠네. 자네에 대한 내 애정을 표한 시라네. 카에이루는 호주머니에서 작은 종이 한 장을 꺼냈고, 근시 때문에 종이를 눈에 가까이 갖다 대고 읽었다. 그 기나긴 세월 동안 나는 달을 바라보았네, 하지만 산뜻한 시선으로 내 아들이자 제자를 지켜보았다네, 내 시선이 바로 그의 시선이 될 수 있도록, 내 지평선을 가로막는 언덕이 그의 소박하고 장엄한 지평선이 될 수 있도록.

정말 아름다운 시입니다. 페소아가 말했다. 감사합니다, 카에이루 스승님. 저세상까지 간직하고 가겠어요.

자네는 나를 대신해 많은 시를 썼지. 알베르투 카에이루가 계속해서 말했다. 나도 언제나 자네에게 감탄하는 사람으로서 경의와 함께 인사를 전하고 싶네.

페소아는 잠시 동안 눈을 감았다. 다시 눈을 떴을 때 방은 텅 비어 있었다. 그는 벨을 눌러 간호사를 불렀다. 오늘이 며칠이지요? 그가 물었다.

1935년 11월 28일 밤입니다. 간호사가 답했다. 뭐 필요한 거 있으세요?

됐어요, 고맙습니다. 페소아가 답했다. 단지 쉬고 싶을 뿐입니다.

1935년 11월 29일

1

문 두드리는 소리가 나자 페소아가 말했다. 들어오세요. 문이 살짝 열렸지만, 아무도 들어오지 않았다. 들어가도 될까요? 묻는 목소리가 떨리고 있었다.

네. 페소아가 말했다. 어서 들어오세요.

한 남자가 문 앞에 나타났고, 등 뒤로 조심스럽게 문을 닫았다. 페소아는 그를 알아보지 못했고, 그래서 물었다. 미안하지만, 누구세요?

히카르두 헤이스입니다. 남자가 방 안으로 들어오면서 답했다. 난 내 상상의 브라질에서 돌아왔어요.

우리가 오랫동안 만나지 못했군요. 페소아는 말했다. 너무 오랜만이라서 말입니다. 미안해요. 그런데 많이 변했군요, 몰라보겠어요.

히카르두 헤이스는 의자를 들어 침대 가까이에 놓았다. 실례합니다만 좀 앉을게요. 그가 말했다. 증기선을 타고 여행했는데 뱃멀미 때문에 힘들어서 구역질이 나더니, 지금도 속이 안 좋군요.

그런데 어디에 숨어 있었어요? 페소아가 물었다. 브라질 어디에서도 당신과 연락이 안 닿는다고 하던데 말입니다?

히카르두 헤이스는 코를 풀고 나서 중얼거렸다. 당신에게 고백해야 할 게 있어요, 페소아 씨. 사실 난 브라질에 가지 않았어요. 모든 사람에게, 당신에게도 그렇게 믿게 만들었지만, 사실은 여기 포르투갈에 남아 있었습니다. 조그마한 마을에 숨어서 말이지요.

페소아는 베개에서 몸을 일으키려고 애쓰면서 물었다. 그럼 어디에 있었는데요?

히카르두 헤이스는 마치 페소아 말고 다른 사람이 듣고 있기라도 한 듯 목소리를 낮추어 속삭였다. 아제이탕[16]이요, 아제이탕에 있었어요.

아제이탕…… 아제이탕이라…… 페소아는 읊조렸다. 이 이름을 들으니 뭔가 생각나는군요. 치즈가 떠오릅니다.

그럼요. 히카르두 헤이스가 자부심에 차서 말했다. 아제이탕 치즈가 있지요. 빌라누게이라드아제이탕은 리스본에서 몇 킬로미터 떨어지지 않은 작은 마을입니다. 바로 테주[17] 강 너머 알렌테주 지방이 시작되는 곳이지요. 히카르두 헤이스는 또다시 코를 풀었고 기침을 했다. 그리고 계속해서 말했다. 거기에 있는 친구 소유의 조그마한 땅에 숨어 있었습니다. 그동안 줄곧 시골집에서 지냈어요. 집 앞에는 백 년 묵은 뽕나무가 있었는데, 내 핀다로스풍 송가와 호라티우스풍 시들은 모두 그 뽕나무 아래에서 쓴 겁니다.

---

16 리스본(포르투갈식 이름은 리스보아Lisboa) 남쪽에 있는 몇몇 산간 마을로 이뤄진 리스본 남부로, 뒤이어 언급되는 빌라누게이라드아제이탕은 그중 하나다.
17 스페인어로는 타호, 라틴어로는 타구스라고 불리며, 스페인 중부에서 발원하여 포르투갈을 거쳐 대서양으로 흘러들어간다. 알렌테주는 리스본과 아제이탕 동쪽 인근 지방.

그런데 어떻게 살아갔지요? 페소아가 물었다. 어디에서 일했어요?

오, 의사는 살아가기 쉬워요. 히카르두 헤이스는 대답했다. 의사로서 일하면 되니까요. 나는 마을에서 의사였고, 아제이탕 인근 세하다아하비다 전역에 걸쳐 내 환자들이 있었어요.

그럼 진짜 당신 이름을 썼어요? 페소아가 물었다.

당연하지요. 히카르두 헤이스는 단언했다. 문 위의 문패에는 '히카르두 헤이스, 의사'라고 적혀 있었고, 온 마을이 내 이름을 알고 있었습니다.

하지만 당신은 왕정주의자였어요. 페소아는 말했다. 공화정에 반대했지요. 그래서 브라질로 망명을 떠난 거고요.

히카르두 헤이스는 소심하고 어색한 미소를 지었다. 그리고 대답했다. 허풍이었어요. 감각주의와 신고전주의 시인으로서 나는 공화정과 공화주의자들의 천박함을 싫어하는 편이 속 편했던 겁니다. 그래서 언제나 카이사르를, 내 시를 이해할 수 있는 마르쿠스 아우렐리우스 같은 위대한 황제를 열망했던 거죠. 공화주의자들 중에는 준비된 사람들이 없었어요. 단지 오귀스트 콩트나 읽은 거만한 자들뿐이었으니, 어떻게 핀다로스나 호라티우스를 이해할 수 있겠습니까?

이해합니다. 페소아는 한숨을 쉬며 말했다. 한동안 침묵이 이어졌다. 복도에서 발자국 소리가 들려왔고, 누군가 방 앞을 지나갔지만 아무도 그들을 방해하지 않았다.

그래서요? 페소아는 물었다.

그래서 당신에게 말해주고 싶었어요. 히카르두 헤이스는

대답했다. 내 비밀을 당신에게 밝히고 싶었어요. 그러니까 나는, 알다시피 아제이탕에서도 스토아주의자로 살았어요.

어디서든지 스토아주의자로 살아갈 수 있지요. 페소아는 말했다.

나는 화관花冠을 엮고 있어요. 히카르두 헤이스가 말했다.

무슨 뜻입니까? 페소아가 물었다.

히카르두 헤이스는 대답했다. 그러니까 나는 내 모든 시에서 네아이라와 리디아[18]를 위한 화관을 엮었고, 지금은 당신의 여행을 위한 화관을 엮고 있지요. 차가운 스틱스[19] 강을 건너간 뒤에 우리가 다시 만날 그때를 위해서 말입니다.

당신의 이상적인 화관을 기꺼이 받겠습니다, 사랑하는 히카르두 헤이스. 페소아는 말했다. 부탁하건대 내가 없어도 당신 마을에서 계속 살면서 핀다로스풍 시를 계속 써주기 바랍니다. 그래도 나를 믿고 비밀을 알려줘서 행복하긴 합니다만, 그거야 늘상 내가 알고 있던 거지요.

정말이오? 히카르두 헤이스는 깜짝 놀라 물었다.

정말입니다. 페소아는 대답했다. 아제이탕으로 당신을 만나겠답시고 가지 않은 건, 원칙상 내가 리스본을 절대 떠나지 않았기 때문이고, 원칙상 나는 절대 여행을 하고 싶지 않았기 때문입니다. 하지만 당신이 여기서 가까운 곳에 살고 있다는 건 언제나 알고 있던 사실이지요. 내 시에 대해 애정 어린 글을 써주는 한 친구가 확인시켜줬거든요.

18 히카르두 헤이스 이름으로 쓴 송시들에서 언급되는 네아이라는 그리스 신화에서 헬리오스를 사랑한 님프이고, 리디아는 호라티우스의 『송시Carmina』에 등장하는 리디아를 다시 복원시킨 인물이다.
19 그리스 신화에서 저승세계에 있다고 믿었던 강 중 하나.

히카르두 헤이스는 일어났다. 그리고 말했다. 그렇다면 나는 이제 가도 되겠군요.

나도 작별 인사를 해야겠군요. 페소아가 답했다. 잘 지내요. 그리고 내가 더이상 여기에 없더라도 계속 당신의 시를 쓰기 바랍니다.

하지만 그렇다면 위작僞作 시가 되잖습니까. 히카르두 헤이스가 반박했다.

중요하지 않아요. 페소아가 말했다. 위작 작가들은 시를 해치지 않아요. 내 작품은 너무 방대해서 위작 작가들까지 포용하지요. 안녕히 가세요, 사랑하는 히카르두 헤이스. 아베르누스[20] 호수를 둘러싸고 있는 검은 강을 건너가 다시 만납시다.

페소아는 머리를 베개에 기댔고 잠이 들었다. 잠시 동안인지 아니면 몇 시간 동안인지 알 수 없었다.

20 이탈리아 남부 나폴리 서쪽 쿠마이에 있는 검은 분화구 안의 호수로, 고대인들은 이곳에 저승세계로 내려가는 입구가 있다고 믿었다.

2

페소아는 잠이 깼고, 조그마한 전깃불을 켜고는 머리맡 탁자 위에서 자기 시계를 찾았다. 세시를 가리키고 있었지만, 시계는 멈춰 있었다. 페소아는 시간감각이 모두 사라졌다는 것을 깨달았다. 벨을 누르려고 생각했다가 포기했다. 바로 그 순간 문 두드리는 소리를 들었기 때문이다.

들어가도 될까요, 페소아 씨? 어느 목소리가 물었다.

페소아가 그러라고 하자 한 남자가 들어왔다. 그가 손에 쟁반을 받쳐든 채 문가에 멈춰 섰으나, 페소아는 안경을 안 쓴 데다 방이 어둑어둑해서 그를 알아보지 못했다.

그런데 누구세요? 페소아가 물었다.

당신 친구 베르나르두 소아르스입니다. 남자가 답했다. 당신이 병원에 있다는 말을 들어서, 방문차 왔습니다.

베르나르두 소아르스는 침대로 가까이 다가와 탁자에 쟁반을 내려놓았다. 그리고 말했다. 저녁식사를 가져왔어요. 우리가 언제나 만나곤 하던 식당에서 가져온 겁니다. 내 생각에 당신이 그 옛날처럼 식사하고 싶지 않을까 해서, 알아서 메뉴를 선택해봤습니다.

사실 그다지 배가 고프지는 않습니다만. 페소아가 답했다. 그래도 당신 호의를 생각해서 조금 먹겠습니다. 뭘 가져오셨어요?

일어나세요, 당신 앞에다 쟁반을 놔줄게요. 베르나르두 소아르스는 대답했다. 우리 식당의 전통적인 음식입니다. 소박하면서도 맛있어요.

페소아는 몸을 일으켰다. 그리고 베르나르두 소아르스가 내민 깨끗한 냅킨을 목에 둘렀고, 접시들을 덮고 있던 금속 뚜껑을 들어올렸다.

칼두 베르드[21]예요. 베르나르두 소아르스가 말했다. 당신이 좋아하는 수프잖아요. 분명히 입맛에 맞을 겁니다. 그리고 여기 포르투[22]식 양晬 요리도 있어요. 언젠가 식당에서 마치 냉담해진 사랑처럼 차가운 상태로 당신에게 이 요리가 나왔고, 그걸 당신이 시에서 쓴 적이 있어서[23] 가져와봤는데, 그래도 난 당신이 따뜻한 상태로 맛봤으면 싶었어요. 보세요, 아직도 김이 나고 있어요. 방금 불에서 꺼낸 겁니다.

페소아가 미소를 지었다. 그리고 말했다. 나는 간부전이에요. 그래서 양 요리는 아마 나한테 적합한 음식이 아닐 겁니다. 그래도 당신 호의를 생각해서 조금 맛볼게요. 그 식당에서 차가운 상태로 내놓았던 때가 아직도 기억나는군요. 하지만 소아르스 씨, 그 당시에는 내가 아니었어요. 내 자리에 알바루 드 캄푸스가 있었지요.

페소아는 결국 수프를 다 마셨고 양 요리 한 점을 맛보았다. 그리고 말했다. 아주 맛있군요. 그런데 부탁이 있습니다, 소

21 감자, 양배추, 소시지를 넣고 끓인 포르투갈의 전통 스튜.
22 포르투갈 북부에 있는 항구 도시로, 페소아의 다른 이름 중 하나인 히카르두 헤이스의 고향.
23 알바루 드 캄푸스 이름으로 쓴 시 「포르투식 양 요리Dobrada à moda do Porto」를 가리킨다.

아르스 씨. 당신이 드세요. 분명 오늘 점심식사를 하지 않았을 테니까 말입니다.

사실 식사를 못 했어요. 베르나르두 소아르스가 대답했다. 두 사람 식사비를 지불하는 게 내겐 사치라서 그렇게 못 하고, 당신 식사비만 냈거든요. 그러니 기꺼이 먹겠습니다.

베르나르두 소아르스는 쟁반을 자기 앞에 내려놓고, 맛있게 양 요리를 먹었다. 우리가 함께 페소아 식당에서 만났던 저녁들이 그리워집니다. 그가 말했다. 그 식당 이름이 당신과 똑같아서 거길 선택했을 거라고 생각합니다. 사실 당신 같은 사람은 절대 가지 않을, 아주 소박한 식당이지요.

그렇지 않습니다. 페소아가 맞받았다. 난 소박한 식당이 좋습니다. 언제나 소박한 삶을 살았고요. 하지만 그보다 말씀 좀 해보세요. 아직도 사마르칸트 생각이 납니까?[24]

제가 우즈베크어를 조금 배웠어요. 베르나르두 소아르스가 말했다. 재미 삼아 배웠지요. 비록 사마르칸트에 절대 가지 못하겠지만, 그 지역 언어를 알고 있으면 평생 꿈꾸던 도시에 더 가까이 다가가 있다고 느낄 수 있으니까요.

그런데 당신 사장 바스케스 씨는 어떤 사람입니까? 페소아가 물었다.

오, 훌륭한 사람이지요. 베르나르두 소아르스는 대답했다.

---

24 『불안의 책』에는 "생소한 원단 이름을 써내려가는 동안 인도와 사마르칸트로 가는 문이 열린다"라는 구절이 있다. 남아프리카에서 돌아온 후 이십여 곳의 사무실을 전전하면서도 평생 리스본을 떠나지 않았던 페소아처럼, 이 책에서 소아르스는 리스본 도라도레스 거리의 한 회계원 사무실 책상에서 떠나지 않은 채 소박한 리스본의 일상 속에서 머나먼 곳, 즉 중앙아시아의 최고最古 도시이자 실크로드의 교역지였던 우즈베키스탄 동북부 사마르칸트를 잠시 꿈꾼다.

어쩌면 당신은 그가 말한 대로 형이상학이 없는 사람이라고 말하겠지만, 친절한 사람이에요. 나한테 별장을 빌려줘서, 거기서 일주일 동안 휴가를 보내기도 했지요.

어디예요? 페소아는 물었다.

베르나르두 소아르스는 답했다. 긴슈 해변으로 가는 길에 있는 카스카이스랍니다.[25]

카스카이스. 페소아는 말했다. 카스카이스, 정말 멋진 곳입니다. 나도 거기서 며칠 보낸 적이 있어요. 두 주 좀 안 넘게요. 누군가에게 이런 얘기 하는 건 처음이군요. 사랑하는 소아르스, 당신은 내 친구니까 기꺼이 고백하겠어요. 나는 카스카이스 정신병원에 검진을 받으러 갔답니다. 그리고 거기서 범신론 철학자 안토니우 모라를 알게 됐어요. 솔직히 말해 그 작은 도시에서 보낸 날들이, 내 인생에서 가장 평온한 날들이었습니다. 검은 파도가 날 덮쳐 휩쓸어가서 정말이지 죽고 싶은 생각뿐이었는데, 안토니우 모라를 알게 되고 그가 나한테 '자연'에 대한 신뢰감을 주었지요.

안토니우 모라라고요? 베르나르두 소아르스가 물었다. 나한테는 그 사람에 대해 한 번도 말한 적이 없는데요. 어떤 사람인지 알고 싶군요.

좋습니다. 페소아가 말했다. 안토니우 모라는 미쳤어요, 최

---

25 긴슈와 카스카이스 모두 리스본 서쪽의 대서양에 면한 휴양지 해변이다. 『불안의 책』에 따르면, 리스본에서 오고 가는 데 한 시간씩 걸리는 이곳으로 소아르스는 사장의 별장 세금을 치르러 심부름을 가기도 한다. "카스카이스와 리스본 사이에서 백일몽을 꾼다"라며 이 짧은 일상의 기차 여행 풍경에서도 먼 곳에 대한 향수와 메모를 쏠쏠히 회상하고 있다.

소한 공인된 바로는 미친 사람입니다. 근데 명석한 미치광이
였고, 이교와 그리스도교에 대해 많은 이야기를 했어요. 이걸
얘기해줘야 될 것 같은데, 그 사람은 고대 로마 사람들처럼
튜닉을 입고 다녔어요. 발까지 내려오는 하얀 튜닉을 입었고,
구식 샌들을 신었고, 나하고는 이야기하긴 했지만 말은 별로
없는 사람이었어요.

당신에게 무슨 이야기를 하던가요? 베르나르두 소아르스
가 물었다.

많은 얘길 했지요. 페소아는 대답했다. 무엇보다도 신들이
귀환할 거라고 말하더군요. 왜냐하면 단일한 영혼과 유일신
의 지금 역사는 덧없는 것이고, 역사의 짧은 순환 주기 속에
서 곧 끝날 것이기 때문이라고 말입니다. 그리고 신들이 돌
아올 때면 우리는 영혼의 이 단일성을 상실할 테고, 우리의
영혼은 '자연'이 원하는 대로 또다시 다수가 될 거라고도 말
했어요.[26]

그런데 사랑하는 페소아. 베르나르두 소아르스가 화제를
바꾸며 말했다. 작년에 나는 숱하게 불면증에 시달렸어요. 아
침마다 새벽 창가에서 도시 위로 빛이 단계적으로 변화하는
모습을 바라보았고, 리스본의 수많은 새벽에 대해 묘사했지
요. 거기에 대해 자부심을 느끼고 있습니다. 빛의 색조에 대
해 쓰기란 어렵지만 나는 해냈어요. 낱말들로 그림을 그렸
지요.

---

26 페소아는 이교에 대한 관심과 고대 그리스적 정신의 부활을 설파할 안토니우 모
라의 이름으로 '신들의 귀환'이라는 제목의 글을 여러 편 쓴 바 있다.(김한민 엮고 옮
김, 『페소아와 페소아들』, 워크룸프레스, 2014, 129~139쪽 참조)

홉킨스[27]처럼 말이오? 페소아가 물었다.

네. 베르나르두 소아르스가 답했다. 그렇지만 아이디어는 존 키츠의 일기를 읽으면서 떠올린 겁니다. 그리고 러스킨의 '말로 그리기Word-painting' 이론이란 게 있어요. 그가 터너의 옹호자가 된 건 우연이 아니지요.[28] 간단히 말해 나는 낱말들을 화폭에 그림을 그리는 붓처럼 사용했고, 내 팔레트는 리스본의 새벽과 석양이었어요.

카스카이스의 석양도 아름다워요. 페소아가 말했다.

바로 그 이야기를 당신에게 하려던 참입니다. 베르나르두 소아르스는 이어 말했다. 카스카이스에서 나는 미학적 경험을 했고, 그걸 『불안의 책』에다 묘사해놨지요.

어디 들어봅시다. 페소아가 말했다.

좋아요. 베르나르두 소아르스가 말했다. 사실 내 사장 바스케스 씨는 자기 회사 바스케스&모디카 이름으로 임대한 바닷가 별장을 마음대로 쓸 수 있었고, 그래서 너그럽게도 내가 그 별장에서 며칠 보내도록 해줬어요. 나한테 자기 운전사까지 딸려 보냈고, 나는 방이 서른 개나 되는 별장에서 혼자 일주일 동안 살았습니다. 정말 멋졌어요.

---

27 19세기 영국 시인 제라드 홉킨스는 '인스케이프'(우주 만물을 구성하는 각각의 고유한 역동적 정체성이 담긴 내면 풍경의 본질)와 '인스트레스'(행위 속에서 드러나는 또다른 존재의 인스케이프를 깨닫는 것) 개념을 통한 내면의 본성 탐구를 추구했다. 그는 외부 세계에서 오는 마음속 느낌과 감정의 내면 풍경을 '도약률'이라고 불리는 그만의 독특한 운율체계로 묘사했고, 이 방식은 페소아에게도 영향을 미쳤다.
28 세 사람 모두 19세기 영국의 낭만주의를 번성케 한 인물들로, 존 키츠는 시인, 존 러스킨은 미술평론가이자 사회사상가, 터너는 화가다. 존 러스킨은 『근대 화가론』(1843)에서 빛의 색조를 통해 뛰어난 내면 풍경을 선보인 터너의 회화를 극찬한 바 있다.

자세하게 이야기해봐요. 페소아가 말했다.

우리는 햇살이 비치는 맑은 아침에 출발했지요. 베르나르두 소아르스는 말했다. 쌀쌀했지만 날씨는 아주 좋았어요. 나는 세바스티앙을 함께 데려갔어요. 당신도 아는, 길모퉁이에서 숯 파는 사람의 앵무새 말이에요. 완전한 문장으로 된 말까지도 몇 마디 할 줄 아는 앵무새지요. 그래서 내 동반자가될 수 있을 거라고 생각했어요. 별장에는 바다가 보이는 대단한 테라스가 있었고, 나는 거기에다 세바스티앙의 횃대를두었지만, 줄을 풀어서 자유롭게 놔두었지요. 세바스티앙은낮 동안에는 정원의 나무들 위로 날아가 앉아 있다가 해가 지면 자기 횃대로 돌아왔는데, 바로 내가 테라스에서 낱말로 그림을 그리던 시간이었어요. 그래서 나는 글을 쓰면서 세바스티앙과 이야기를 나누었고, 새한테 몇 마디 말도 가르쳤는데,바로 「담배 가게」의 첫 구절이었어요. "나는 아무것도 아니다.나는 아무것도 아닐 것이다. 나는 아무것도 아니고 싶을 수도없다."[29] 세바스티앙은 곧바로 말을 배우더군요. 그래서 우리는 대화도 나눴어요. 나는 바위와 바다 위로 기우는 석양을묘사했고, 이렇게 말했지요. 자, 세바스티앙, 한번 해봐. 그러면 세바스티앙은 「담배 가게」 첫 구절을 되풀이해 읊었습니다. 그동안 나는 희미하고 불그스레한 빛과 수평선의 보랏빛구름들을 묘사했고요. 욕망으로 향하는 그 시간에 말입니다.

재밌군요. 페소아가 말했다. 내가 시를 쓴 건 세상 사람들

---

29 "Não sou nada. / Nunca serei nada. / Não posso querer ser nada." 알바루 드 캄푸스의 이름으로 쓴 「담배 가게」의 첫 세 행. 시 전문은 이 책의 부록을 참조하길 바란다.

을 위해서였는데, 단지 앵무새 한 마리가 내 시구를 반복하다니 말입니다.

그런 말 하지 마세요. 베르나르두 소아르스가 답했다. 위대한 영혼을 지닌 모든 사람이 모든 언어로 당신의 시를 기억하는 날이 올 겁니다. 그리고 세바스티앙은 인간의 영혼을 갖고 있어요. 그는 앵무새가 아닙니다. 신탁이에요. 나 확신하건대 그 안에 피티아[30]의 영혼이 살아 있어 미래를 예언해줄 겁니다. 그걸 느낄 수 있어요.

그리고요? 페소아는 말했다.

그리고 정말로 아름다운 나날이었다고 말하고 싶군요. 별장에서 지내는 게 늘상 수월한 건 아니었어요. 난방이 되지 않았고 단지 석유램프 불빛뿐이었고, 또 저녁에는, 특히 저녁에는 울적했기 때문이지요. 하지만 어느 멋진 사람과 친구가 되었는데, 바로 카스카이스의 동 페드루 씨입니다. 그 사람은 여러 주제에 대해 이야기할 줄 아는 사람이었어요. 은행에서 중역을 맡고 있는 독신으로, 특히 포르투갈식 투우를 좋아했어요. 투우를 보러 나를 데려간 적도 있거든요. 처음에는 잔인한 광경이 두려워서 내가 거부했지만 생각을 바꿔야만 했어요. 잔인한 광경이랄 게 전혀 없었다 이 말입니다. 그러니까 페소아 씨, 알다시피 그들은 황소를 죽이지 않는다는 거죠. 투우사는 자기 춤으로 황소를 취하게 한 다음 팔로 상징적인 몸짓을 해보였고, 바로 그 순간 소 한 무리가 투우장으로 들이닥치더니, 황소는 그 소들에 휩쓸려 한 무리가 되어 나가버

---

30 고대 그리스 델포이에 있던 아폴론 신전의 여사제 또는 무녀.

렸어요. 18세기 의상을 입은 투우사들의 우아한 모습과 말의 마구馬具들, 황소 주위로 멋지게 도는 광경은 꼭 봐야 할 거예요. 간단히 말해 잊을 수 없는 장관이었어요. 그나저나 당신을 지루하게 만들고 싶지는 않은데 말입니다.

계속 이야기해주세요. 페소아가 부탁했다.

좋아요. 베르나르두 소아르스는 말했다. 어느 날 저녁 동 페드루 씨는 나를 저녁식사에 초대했어요. 자동차로 나를 데리러 왔지요. 알바루 드 캄푸스가 신트라[31] 도로를 달리던 자동차처럼 완전히 금속 도금이 된 검은색 쉐보레를 갖고 있었어요. 바람이 부는 날이었고, 정원의 나뭇가지들이 격렬하게 부스럭거렸지요. 나는 일요일 휴일 복장이었고, 동 페드루 씨는 영국식 재킷을 입고 있었어요. 그가 말하더군요. 카스카이스에서 가장 좋은 식당으로 모시고 가겠습니다. 테라스에서 마을 전체를 볼 수 있고, 그러니까 당신은 모든 빛의 만灣과 어부들의 배를 묘사할 수 있을 겁니다. 정말이에요, 사랑하는 페소아. 정말 대단한 식당이었어요. 살면서 그런 곳은 한 번도 본 적이 없어요. 우리가 도착하자 지배인이 우리를 맞이했고, 정통 프랑스산 샴페인과 굴 요리를 내왔어요. 정말이지 난 살면서 굴을 먹어본 적이 없습니다. 물론 당신은 굴을 잘 알고, 타바르스나 브라질레이라 두 시아두 같은 식당에서 먹어보았을 겁니다. 아주 맛있어요. 마치 바다를 마시는 것 같아요. 오죽하면 내가 미각과 후각에 대해 짤막한 글을 써볼 생각까지 했을까요. 단지 삶에 대해서만 글을 쓰는 내가 말

31 리스본에서 20킬로미터쯤 북서쪽에 있으며 중세 유적이 남아 있는 관광도시.

입니다. 그리고 동 페드루 씨가 지배인에게 말했습니다. 페니시식 '라구스타 수아다'를 주세요.[32] 하지만 그걸 프랑스어로 '오마르 쉬에'라고 말했지요. 사실 살면서 가재를 먹어본 적이 없어요. 하지만 동 페드루 씨가 요리법을 설명해주었는데, 당신에게 그걸 이야기해주고 싶군요. 당신이 건강해지면 당신 누이에게 요리해달라고 할 수 있게 말입니다. 약간의 버터와 양파 세 개, 토마토 몇 개, 약간의 마늘, 올리브기름, 화이트 와인, 당신이 매우 좋아하는 오래 묵은 '아구아르덴테,'[33] 약간 강한 포르투 와인[34] 두 잔, 약간의 고추, 후추, 육두구肉豆蔻가 필요합니다. 가재는 먼저 요리하지만 증기에 살짝만 익힙니다. 그런 다음 당신에게 말한 재료들을 넣고 화덕에 넣어요. 왜 '땀이 났다'고 말하는지 나는 모르겠어요. 아마 아주 맛있는 국물이 나오기 때문일 겁니다. 훌륭한 미식가들인 페니시의 어부들은 그렇게 요리한답니다. 나는 그렇게 훌륭한 요리를 맛본 적이 없어요. 그리고 동 페드루 씨는 나에게 맛있는 포르투 와인 한 병을 제공했고, 우리는 테라스로 나가 마셨는데, 그 아래로는 카스카이스 만의 불빛들이 보였지요. 아, 정말로 아름다웠지요. 동 페드루 씨는 자기가 했던 세비야 여행에 대해 이야기했고, 나는 언제나 사마르칸트 여행을 꿈꾸었다고 이야기했고, 우즈베크어 입문서를 빌려주

32 페니시는 포르투갈 중서부 해안의 소도시고, 'lagosta suada(포)/homard sué(프)'는 찜통에 넣어 찐 가재 요리의 일종.
33 나라에 따라 서로 다른 재료들을 넣어 발효시킨 다음 증류한 술로, 알코올 도수가 높다.
34 일명 '포트와인'으로, 포르투갈 북부 도루 강 계곡에서 생산되며, 발효중에 브랜디를 첨가해 알코올 농도가 제법 센 단맛의 와인.

겠다고 말했어요. 동 페드루 씨가 친절하게 미소를 짓더니 말하더군요. 사마르칸트, 정말 멋진 생각입니다, 베르나르두 소아르스 씨. 하지만 나는 이베리아 반도에서 절대 나가지 않을 겁니다. 나한테는 내가 조금씩 알고 있는 스페인어와 영어만으로 충분해요. 런던에서 내 친구들이 오면 리스본의 카자 두 알렌테주[35]로 당구 게임을 하러 데려갈 때를 위해서 말입니다. 그리고 바다 산책길의 불빛들이 마법처럼 꺼졌고, 만에는 작은 불빛 몇 개만 켜져 있었는데, 어선들이 내는 불빛이었죠. 동 페드루 씨는 말했어요. 베르나르두 소아르스 씨, 당신 집까지 다시 바래다주지요. 돌아오는 동안 나는 새벽과 석양에 대해 이야기했고, 행복감에 젖어 생각했어요. 내 불행한 일기에 행복한 한 장을 써야겠어. 동 페드루 씨는 매우 신중한 사람이었고, 내 잡담을 중단시키지 않았어요. 나는 바람에 흔들리는 정원의 나무들 앞에서 내려서는, 그에게 이렇게 말했지요. 감사합니다, 동 페드루 씨, 내 생애에서 가장 아름다운 저녁을 보냈습니다. 그러자 그가 이렇게 답하더군요. 오히려 내가 당신에게 감사합니다, 베르나르두 소아르스 씨. 당신의 일기를 처음으로 읽을 수 있게 되어 영광입니다. 그리고 나는 페르난두 페소아의 열렬한 찬양자라는 것을 잊지 마십시오. 이걸 그에게 말해주세요. 누구한테도 모습을 보이지 않으니, 나로서는 그에게 이 말을 해줄 수가 없으니 말입니다. 그래서 사랑하는 페르난두 페소아, 당신에게 이 말을 전하고, 동 페드루 씨의 찬사와 인사를 전합니다.

35 리스본에 있는 식당으로, 페소아를 염두에 두고 쓴 타부키의 『레퀴엠』에도 이 공간과 당구 게임이 등장한다.

감사합니다. 페르난두 페소아는 피곤한 미소와 함께 말했다.

베르나르두 소아르스는 그의 가슴 위로 시트를 덮어주었다. 그리고 말했다. 페소아 씨, 내 잡담으로 당신이 피곤해지지나 않았을까 염려가 됩니다. 미안합니다. 어쩌면 내가 당신을 성가시게 했는지도 모르겠습니다.

전혀 그렇지 않아요. 페소아가 힘없이 대답했다. 이야기 나눠서 즐거웠어요. 하지만 또다른 방문객을 맞이해야 할 것 같군요. 최근에 약간 그 사람에게 소홀했어요. 고맙습니다, 사랑하는 소아르스. 당신이 쓴 『불안의 책』에 최대의 찬사를 보냅니다.

1935년 11월 30일

1

들어온 사람은 고귀한 모습의 노인으로, 새하얗고 거대한 수염에 발까지 닿는 기다란 로마식 튜닉을 입고 있었는데, 그 옷도 하얀색이었다.

아베, 오 소달레.[36] 노인이 말했다. 내가 그대의 꿈속으로 들어가는 것을 용서하시오.

페소아는 머리맡 탁자의 불을 켰다. 그리고 노인을 바라보았고 안토니우 모라를 알아보았다. 그에게 어서 오라는 몸짓을 했다.

모라는 한 손을 들고 말했다. 보름 전에 죽은 페니키아인 플레바스, 갈매기 울음소리로 깊은 바다의 물결도 잊고,[37] 나에게 그대의 운명을 말하는구나, 오, 위대한 페르난두여. 아케론[38] 강물이 그대를 기다리고 있고, 그다음에는 모든 것이 흩어지고 모든 것이 다시 창조되는 원자들의 광폭한 소용돌이가 기다리고 있으며, 아마 그대는 리스본의 정원에서 4월에 피어나는 꽃으로 돌아오거나, 아니면 포르투갈의 석호潟湖와 호수 위에 내리는 비로 돌아올 것임을 나는 알고 있

36 Ave, o sodale. '오, 동지, 안녕하시오'라는 뜻.
37 엘리엇의 시 『황무지』 제4부 「익사Death by Water」 첫 두 행.
38 그리스 신화에서 저승세계로 이어지는 강으로, '고통의 강'이라는 뜻.

소. 나는 산책하다가 바람결에 실려오는 그대의 목소리를 듣게 되겠지.

페소아는 팔꿈치로 몸을 일으켰다. 오른쪽 옆구리의 통증은 사라졌다. 이제는 심한 피로감만 느낄 뿐이었다. 『신들의 귀환』인가요? 그가 물었다.

책은 거의 완성되었소. 안토니우 모라는 대답했다. 하지만 출판할 수 있을지 모르겠소. 누구도 감히 미치광이의 책을 출판하지는 않을 테니까 말이오.

어디 한번 들어봅시다. 페소아가 말했다. 카스카이스 정신병원에서 어떻게 지내십니까? 서로 만난 게 너무 짧은 시간이었잖아요.

알다시피 말이오. 안토니우 모라가 말했다. 내가 받은 진단은 간헐적 노이로제가 있는 편집증이지만, 다행히도 내 말을 듣기 좋아하는 가마 박사[39]가 있습니다. 포용력이 대단한 사람이에요. 그도 신들의 귀환을 믿고 있으며, 광기란 사회를 귀찮게 하는 사람들을 사회에서 떼놓기 위해 사람들이 고안해낸 구실이라고 주장합니다. 내가 가톨릭 사회와 가톨릭교를 성가시게 하고 있는데, 그건 신들의 귀환에 대해 내가 예언하고 있기 때문입니다. 오, 위대한 페소아여, 나를 도와줄 수 있는 사람은 당신뿐입니다. 하지만 이제 당신도 아케론 강을 건너려 하고 있으니, 나는 소외받은 자들의 수용소에 혼자 남아 있게 될 것이고, 아무도 내 저술을 출판할 수 없을 것입니다.

---

39 페소아가 1910년경 쓴 유작 「카스카이스 정신병원에서Na Casa de Saúde de Cascais」라는 글에 나오며, 이 병원에서 페소아가 만나게 된 안토니우 모라와 흡사한 인물.

페소아는 미소를 지었고, 편안히 베개에다 머리를 기대고는 안심하라는 몸짓을 해보이며 말했다. 사랑하는 안토니우 모라, 우리가 카스카이스 정신병원에서 만나던 날 당신이 나한테 준 모든 글은 트렁크에 잘 보관해두었습니다. 지금쯤은 트렁크에 사람들이 가득할 텐데, 왜냐하면 등장인물들이 모두 그 안에 들어가 버둥거리고 있으니까요.[40] 하지만 당신이 쓴 『신들의 귀환』은 절대 잃어버리지 않을 겁니다. 언젠가 후대 사람들이 다시 발견할 겁니다. 아니, 오늘은 내게 예언 능력이 있으니 당신에게 말해줄 수 있겠군요. 한 위대한 비평가가 당신을 발견할 텐데, 감수성과 교양을 지닌 그이는 코엘류라는 사람입니다.

코엘류 파셰쿠요? 안토니우 모라가 물었다.

아니, 다른 사람입니다. 페소아가 답했다. 전혀 다른 사람이지요. 시 쓰는 사람이 아니라 연구하는 사람이고, 고집스러운 사람입니다. 내 필체와 당신의 필체를 해독하게 될 거고, 우리를 세상에 알릴 위대한 사람입니다.[41]

세상에요? 어느 세상 말이오? 안토니우 모라가 물었다.

이 세상이지요. 페소아는 답했다.

안토니우 모라가 한 걸음 앞으로 다가와 경의를 표했다. 그

---

40 페소아 사후에 발견된 한 트렁크에서 2만 5천여 장이 넘는 원고가 발견되었듯, 안토니오 타부키는 이 '트렁크'와 여러 다른 이름을 지닌 복수자아로 살았던 페소아의 삶을 연결시켜 『사람들이 가득한 트렁크』(1990)라는 페소아 연구서를 출간한 바 있다.
41 1982년 『불안의 책』 첫 편집본을 엮어낸 발행가이자 비평가인 자신투 드 알메이다 두 프라두 코엘류Jacinto de Almeida do Prado Coelho(1920~1984)는 페르난두 페소아에 대한 탁월한 연구로도 널리 알려져 있다.

런데 사랑하는 페소아, 당신에 대해 이야기해줘요. 어쩌다가 카스카이스 정신병원에 입원하게 된 겁니까? 더이상 당신을 볼 수 없어서 깜짝 놀랐어요. 혹시 격리되어 있었던 건가요?

페소아는 한숨을 쉬었다. 그리고 말했다. 나는 입원하지 않았어요. 당신에게 고백하건대, 입원하지 않았어요. 만이 내다 뵈는 어느 집에서 몇 주일 보내고 싶었답니다. 나를 돌봐준 어느 부인의 집인데, 후아 다 사우다드[42]에 있지요. 부인은 과부로 두 딸, 아주 친절한 두 소녀와 함께 살고 있었어요. 부인이 내게 점심과 저녁을 요리해주었는데, 당신에게 그걸 묘사해줄 수가 없네요. 아니, 못 할 것도 없겠네요. 당신에게 그걸 설명해볼게요. 사랑하는 안토니우 모라, 생각해보세요. 점심에는 언제나 화덕이나 석쇠에 구운 생선에다 콜라르스산[43] 화이트 와인이 나왔어요. 또 저녁에는 식사가 그야말로 연회였지요. 언제나 소파 알렌테자나나 칼두 베르드[44]가 나왔고, 그다음에는, 상상해보세요, 페스카디냐스 드 하부 나 보카,[45] 그리고 다른 맛있는 요리가 나왔어요. 또한 내게 만이 보이는 멋진 침실을 내주었는데, 옛날 거실을 침실에 적합하게 바꾼 곳으로, 벽난로를 비롯해 모든 게 갖춰져 있는 방이었어요. 저녁이면 그곳 테라스에서 카스카이스와 이스토릴의 만

---

42 포르투갈 중서부 대서양에 면한 휴양지 카스카이스의 해안 구역.
43 콜라르스는 포르투갈 중서부 신트라에 있는 해안가 마을.
44 둘 다 포르투갈의 전통적인 수프의 일종으로, 전자는 남부 알렌테주에서 즐겨 먹으며 후자는 북부 메뉴에서 유래해 현재 전 국민이 축하연 때 즐겨 먹는 야채수프다.
45 말 그대로 직역하면 '꼬리를 입에 문 메를루사'로, 대구의 일종인 메를루사의 꼬리가 입에 닿도록 둥글게 말아 구워낸 요리.

을 바라다보면서 라디오로 춤곡이나 코임브라[46]의 옛날 노래를 들었고 행복감을 느꼈지요.

그 부인 이름이 뭐예요? 안토니우 모라가 물었다.

이름은 중요하지 않아요. 페소아는 대답했다.

당신이 부럽군요. 안토니우 모라가 말했다. 정말로 당신이 부러워요. 당신에게는 행복한 순간들이 있었네요. 말해보세요. 치료에 성공했어요?

글쎄요. 페소아가 말했다. 그러니까 그 순간 검은 파도가 내 머리 위로 덮쳤고, 나는 어쩔 줄을 몰랐죠. 내가 미쳐버렸다고 해야 할지, 아니면 테주 강에 몸을 던지는 게 나을지 어쩔 줄을 몰라 했지요. 나를 돌봐주고, 애정 어린 마음으로 다정히 대해줄 사람이나 가족이 필요했는데, 그 가족에게서 난따스함을 발견했답니다. 그리고 집에 홀로 있을 때면, 그러니까 때로 집에 혼자 남을 때가 있었는데, 그럴 때에는 개가 있었어요. 조라고 불리던 멋진 검둥개로 아주 영리한 잡종이었고, 나는 그 개에게 난해한 내 시들을 읽어주었지요. 확신하건대 그 개는 고대 이집트 어느 신의 화신이었어요. 앞발로 바닥을 긁으면서 내 시구에 박자를 맞춰주었고, 동물적이면서도 신성한 그 박자로 나는 시의 운율을 맞추어 음악으로 바꾸었답니다. 그런 다음 테라스로 나가 거기에 앉아 만을 바라보았고, 황혼과 함께 돌아오는 어부들의 배를 바라보았고,

---

46 코임브라는 리스본에서 북동쪽에 있으며, 13세기에 생긴 포르투갈 최고最古의 코임브라 대학을 중심으로 형성된 문화도시다. 서민의 애환이나 향수를 주제로 한 여성 보컬 중심의 리스본 파두에 비해, 코임브라 파두는 연인에 대한 사랑을 노래하는 남성 보컬이 특징이다.

즐겁게 자기들끼리 부르는 뱃사람들의 목소리를 들었고, 그 물과 타르 냄새를 들이마셨지요. 모든 게 아름답고 고풍스러웠어요. 그래서 나는 치유되었답니다. 죽음을 잊고 다시 살기 시작했지요.

나도 죽음을 잊었어요. 안토니우 모라가 말했다. 내 아버지 같은 루크레티우스[47]를 읽었기 때문인데, 그는 '자연의 질서' 안으로의 생명 복귀를 가르쳤어요. 우리를 형성하는 모든 원자, 지금의 우리 육신을 이루는 이 무수한 분자는 나중에 영원한 순환 속으로 돌아갈 것이며, 물, 흙, 풍요로운 꽃, 나무, 시력을 부여하는 빛, 우리를 적시는 비, 우리를 흔드는 바람, 겨울에 망토로 우리를 감싸는 새하얀 눈이 될 것입니다. 우리는 모두 이곳 대지로 돌아올 것입니다. 오, 위대한 페소아여, 자연이 원하는 무수한 형태로 말입니다. 어쩌면 우리는 조라고 부르는 개, 풀잎 한 줄기, 또는 리스본의 광장을 멍한 시선으로 바라보는 어느 젊은 영국 여인의 복사뼈가 될지도 모릅니다. 하지만 부탁하건대, 지금 떠나기에는 너무 이릅니다. 페르난두 페소아로서 우리 사이에 잠시 더 머물러주십시오.

페소아는 베개에다 뺨을 갖다 대며 피로한 미소를 지었다. 그리고 말했다. 사랑하는 안토니우 모라, 페르세포네가 자기 왕국에서 나를 원해요. 이제 떠날 시간이에요. 우리가 삶이라고 부르는 이 이미지들의 극장을 떠날 시간입니다. 내가 영혼

---

47 에피쿠로스와 데모크리토스의 원자론에 입각해 사유한 로마의 시인이자 철학자. 페소아는 안토니우 모라를 통해 당대에 고대 그리스와 로마의 정신성의 부활을 강조했다.

의 안경을 통해 무엇을 보았는지 당신이 알까요. 나는 저 위 무한한 공간 속에서 오리온의 버팀대를 보았고, 이 지상의 발로 남십자성 위를 걸었고, 빛나는 혜성처럼 무수한 밤을 가로질러갔고, 별들 사이 상상의 공간, 쾌락과 두려움을 가로질러갔고, 또한 나는 남자이자 여자, 노인, 소녀였고, 서양 세계 수도들의 커다란 대로에 모인 군중이었고, 우리가 평온함과 지혜를 부러워하는 동양 세계의 온화한 부처였고, 나 자신이면서 동시에 타자들, 내가 될 수 있었던 모든 타자였고, 명예와 불명예, 열광과 쇠진함을 알았고, 험준한 산들과 강들을 가로질러갔고, 평화로운 양떼를 보았고, 머리 위로 햇살과 비를 맞았고, 타오르는 여성이었고, 길에서 노니는 고양이였고, 태양이자 달이었고, 모든 것이었습니다. 삶이란 충족되지 않기 때문이지요. 하지만 이제 충분합니다, 사랑하는 안토니우 모라. 내 삶을 산다는 것은 바로 무수한 삶을 사는 것과 같았어요. 이제 피곤해요. 내 촛불은 소진되었어요. 부탁해요, 내 안경을 주세요.

안토니우 모라는 튜닉을 바로잡았다. 프로메테우스가 그의 내부에서 솟아오르고 있었다.[48] 그는 외쳤다. 오, 신성한 하늘이여, 날쌘 날개의 바람들이여, 강의 원천들이여, 바다 파도들의 무수한 미소여, 만물의 어머니 대지여, 모든 것을

---

48 자신투 두 프라두 코엘류의 연구에 따르면, 「카스카이스 정신병원에서」라는 글에서 폐소아로 짐작되는 한 방문객이 입원중인 안토니우 모라를 묘사하는 대목이 나온다. 거기에서 안토니우 모라는 아이스킬로스의 비극 『결박당한 프로메테우스』에 나오는 프로메테우스의 탄식 서두 부분을 낭송하며 산책하고 있는 모습으로 그려진다.

보는 둥근 태양이여, 당신들에게 기원하오니, 보시오, 내가
지금 무슨 일을 겪고 있는지.[49]

페소아는 한숨을 쉬었다. 안토니우 모라는 머리맡 탁자에
서 안경을 들어 그의 얼굴에 씌워주었다. 페소아는 눈을 크
게 떴고, 그의 팔은 시트 위에서 멈추었다. 정확히 저녁 여덟
시 삼십분이었다.

[49] 아이스킬로스의 『결박당한 프로메테우스』에서 프로메테우스는 이렇게 탄식한
다. "오오, 고귀한 대기여, 날랜 날개의 바람의 입김이여,/ 강의 원천들이여, 바다 위
파도들의/ 무수한 미소들이여, 만물의 어머니 대지여,/ 그리고 만물을 굽어보는 둥
근 태양이여,/ 내 그대들을 부르고 있습니다. 그대들은 보시오./ 신인 내가 신들로부
터 어떤 일을 당하는지!"(천병희 옮김, 『아이스퀼로스 비극 전집』, 숲, 2008, 350쪽)

이 책에 나오는 등장인물들

마나세스 씨

Senhor Manacés

페소아가 1920년부터 1935년까지 살았던 코엘류 다 호사 거리 모퉁이에 이발소를 갖고 있었다. 십오 년 동안 페소아에게 이발을 해주었다.

카를루스 에우제니우 모이티뉴 드 알메이다

Carlos Eugénio Moitinho de Almeida

리스본 1885~1961. 페소아가 상업 통신문을 쓰고 번역해준 수출입 회사의 사장이었다. 페소아의 좋은 친구였고, 그의 삶에서 어려운 순간들에 가까이 있었다.

코엘류 파셰쿠

Coelho Pacheco

그의 삶에 대해 우리는 아무것도 모른다. 우리가 아는 것은 단지 그의 긴 시 「다른 대양 너머Para Além Doutro Oceano」인데, 알베르투 카에이루에게 헌정된 시다. 심리적 자동기술법의 실행에 앞서 의식의 흐름 기법을 이용한 작업으로, 모호하고 환상적인 시다.

페르난두 페소아

Fernando Pessoa

페르난두 안토니우 누게이라 페소아는 1888년 6월 13일 리스본에서 마달레나 피녜이루 노게이라와, 리스본 신문의 음악비평가 조아킹 드 세아브라 페소아에게서 태어났다. 다섯

살 때 아버지가 결핵으로 사망했다. 할머니 디오니시아는 심각한 형태의 광기에 사로잡혔고, 정신병원에서 사망했다. 1895년 남아프리카의 더반으로 이사했는데, 어머니가 남아프리카 주재 포르투갈 영사와 재혼했기 때문이다. 거기에서 모든 공부를 영어로 했다. 대학에 등록하기 위해 포르투갈로 돌아왔지만 공부를 계속하지는 않았다. 계속 리스본에서 살았다. 1914년 3월 8일 그의 최초의 다른 이름인 알베르투 카에이루가 나타났다. 이어서 히카르두 헤이스, 알바루 드 캄푸스가 등장했다. 이 다른 이름들은 '자신의 타자들,' 그러니까 그의 내부에서 말하고 자율적인 삶과 전기를 지닌 목소리들이었다. 그는 포르투갈의 모든 아방가르드를 창안해냈다. 언제나 소박한 하숙집이나 셋방에서 살았다. 그의 삶에서 유일한 사랑인 오펠리아 케이로스를 알았는데, 그녀는 그가 일하는 수출입 회사에 타자수로 고용되어 있었다. 강렬하고 짧은 사랑이었다. 그는 단지 잡지들에만 작품을 발표했다. 사망하기 전에 출판된 유일한 책은 『메시지*Mensagem*』(1934)라는 제목의 작은 책자로, 포르투갈의 신비로운 역사가 담긴 작품이다. 그는 1935년 11월 30일 리스본의 상 루이스 두스 프란세즈스 병원에서 간부전으로 사망했는데, 아마도 알코올 남용 때문인 것 같다.

알바루 드 캄푸스

Álvaro de Campos

1890년 10월 15일 포르투갈 남쪽 알가르베의 해안도시 타비라에서 태어났다. 그는 글래스고에서 조선공학 학위를 받았다. 리스본에서 살았으나, 관련 직업에 종사하지는 않았다. 대양 횡단 여객선을 타고 동방 여행을 했고, 짧은 시 「아편판매소Opiário」를 거기에 바쳤다. 데카당스적이고, 미래주의적이고, 아방가르드적이고, 허무주의적인 작품이다. 1928년에는 20세기의 가장 멋진 시 「담배 가게Tabacaria」를 썼다. 동성을 사랑했던 그는, 페소아의 삶 속으로 아주 깊이 들어가 오펠리아와 그의 약혼을 망칠 정도였다. 키가 크고, 한쪽으로 가르마를 탄 검고 매끄러운 머리에, 흠잡을 데 없고, 외알 안경을 긴 약간 속물적인 캄푸스는, 그 당시 아방가르드 예술가의 전형적인 인물로서, 부르주아적이면서 동시에 반부르주아적이고, 세련되면서도 도발적이고, 충동적이며, 신경질적이고, 고뇌 어린 인물이다. 그는 1935년 11월 30일 바로 페소아가 사망하던 날 리스본에서 사망했다.

알베르투 카에이루
Alberto Caeiro

페소아와 그의 모든 다른 이름의 스승인 알베르투 카에이루는 1889년 리스본에서 태어났고, 1915년 시골에서 페소아의 아버지처럼 결핵으로 사망했다. 짧은 삶을 히바테주의 어느 마을에서 늙은 고모할머니 집에서 살았는데, 허약한 건강 때문에 그곳으로 이사한 것이다. 모든 번잡함에서 멀리 떨어져 살았던 이 외롭고 관조적인 사람의 생애에 대해서는 별로 말할 것이 없다. 페소아는 그를 중키에 파란 눈, 금발의 창백한 인물로 묘사했다. 그는 겉보기에 애가적이고 순진한 시들을 썼다. 실제로 카에이루는 통찰력 있는 사람이었고, 몇십 년 후 유럽에서 탄생하게 될 현상학의 선구자였다.

히카르두 헤이스
Ricardo Reis

1887년 9월 19일 포르투에서 태어나 예수회 기숙학교에서 교육받았다. 의사이긴 했지만, 살아가기 위해 그가 자기 직업을 활용했는지 우리로서 알 수 없다. 포르투갈공화국이 세워진 뒤에는 자신의 왕정주의 사상 때문에 브라질로 망명했다. 그는 감각주의적이고 유물론적이고 고전적인 시인이었다. 세기말 일부 앵글로색슨 자연주의자들과 학자들을 매료시켰던 추상적이고 간접적인 고전주의와 월터 페이터*의 영향을 받았다.

베르나르두 소아르스
Bernardo Soares

태어난 날과 죽은 날은 알려져 있지 않다. 아주 소박한 삶을 살았다. 리스본에서 섬유 수출입 회사의 '보조 회계사'였다. 그는 언제나 사마르칸트를 꿈꾸었다. 『불안의 책』이라고 제목을 붙인 서정적이고 형이상학적인 일기의 저자다. 페소아는 '페소아'라는 조그마한 식당에서 그를 알았고, 베르나르두 소아르스는 그 식탁에서 저녁을 먹으면서 자신의 문학적 계획과 꿈에 대해 이야기했다.

* 영국의 평론가로 『르네상스사 연구』(1873), 『쾌락주의자 마리우스』(1885) 등을 쓴 19세기 데카당스적 문예사조의 선구자.

안토니우 모라

António Mora

카스카이스 정신병원에서 자신의 삶을 마감한 철학자 안토니우 모라는 포르투갈의 신이교주의의 명저로 불릴 만한 『신들의 귀환 *O Regresso dos Deuses*』을 썼다. 페소아는 바로 카스카이스 정신병원에서 안토니우 모라를 알았다. 키가 크고 당당하고 생생한 눈빛을 지닌 하얀 수염을 기른 안토니우 모라는, 페소아에게 아이스킬로스의 비극에 나오는 프로메테우스의 탄식 서두를 낭송해주었다. 바로 이와 같은 상황에서 늙은 철학자는 정신병원에서 페소아에게 자신의 원고를 맡겼다.

한국어판 부록

페르난두 페소아의 시 「담배 가게」

* 이 시 「담배 가게Tabacaria」는 페르난두 페소아가 '1928년 1월 15일, 알바루 드 캄푸스'의 이름으로 쓴 시다. 1960년대 프랑스 파리 헌책방에서 안토니오 타부키는 아르망 기베르Armand Guibert(1906~1990)가 프랑스어로 번역한 이 시를 발견하고, 페르난두 페소아와 그의 나라 포르투갈과 그의 도시 리스본에 처음으로 눈뜬다. 타부키가 "20세기의 가장 멋진 시"라고 상찬한 이 시에서, 누군가는 페소아의 세계에 반한 타부키의 '첫 눈길'에 『페르난두 페소아의 마지막 사흘』에서 그려낸 그의 '마지막 눈길'을 겹쳐볼 수도 있을 것이다.

번역은 포르투갈어 원문을 저본으로 하되, 안토니오 타부키와 리처드 제니스와 아르망 기베르의 번역도 같이 참조했다. 페소아 자료를 모아둔 '페소아의 집' 사이트를 방문하면 이 시를 비롯해 페소아가 여러 다른 이름으로 발표한 작품들의 원문을 열람할 수 있다.(http://casafernandopessoa.cm-lisboa.pt)

담배 가게

나는 아무것도 아니다.
나는 아무것도 아닐 것이다.
나는 아무것도 아니고 싶을 수도 없다.
그러나저러나, 나는 내 안에 세상의 모든 꿈을 품고 있다.

내 방 창문들,
그 누구도 모르는, 세상에서 수백만 개 가운데 하나인 그 방의
　　창문들,
(그 누군가 나를 알았다 한들, 무얼 알았겠는가?)
너희는 끊임없이 사람들이 지나다니는 거리의 신비로 향해
　　있다,
어떤 생각도 가늠할 수 없는 거리로,
현실적인, 불가능하게 현실적인, 확실한, 알 수 없게 확실한
　　거리로,
돌들과 존재들 아래 사물들의 신비와 더불어,
벽들을 축축하게 하고 머리카락을 새게 하는 죽음과 더불어,
아무것도 아닌 길로 만물의 짐수레를 이끄는 '운명'과 더불어.

오늘 나는 패배했다, 마치 진리를 알아버린 듯.

담배 가게

오늘 나는 명료하다, 마치 막 죽으려는 참인 듯,
더이상 사물들과의 유대감도 없어지고
작별 인사만 남아, 이 집과 거리의 이쪽은
늘어선 기차 차량들이 되고, 출발을 알리는 기적 소리가
내 머릿속에서 울어대면서,
요동치는 내 신경과 덜커덩거리는 내 뼈들이 시동을 걸고
　　있듯이.

오늘 나는 당황스럽다, 생각했고 찾았고 잊어버린 사람처럼.
오늘 나는 갈라져 있다, 내가 기대고 있는,
외부 현실로서 거리 맞은편 담배 가게에 대한 신의와,
내부 현실로서 모든 것이 꿈이라는 느낌에 대한 신의
　　사이에서.

나는 모든 것에서 실패했다.
야망 없이 살았기에, 어쩌면 아무것도 아닌 것에서
　　실패했는지도.
내가 배워먹은 것들로부터 떠나,
나는 창문을 넘어 집 뒷마당으로 내려갔다.
원대한 계획들을 들고 들판을 내달렸다.
하나 내가 거기서 발견한 거라곤 풀들과 나무들뿐,
거기 사람들이 있다 했더니, 거기나 여기나 그저 또다른
　　사람들이 있는 것일 뿐.
나는 창문에서 물러나 의자에 앉는다. 무얼 생각해본담?

담배 가게

내가 누구인지 모르는 내가 무엇이 될지 내가 어찌 알겠는가?
내가 생각하는 것이 나라고? 하나 내가 얼마나 많은 것을
　　생각하는지!
똑같은 것이 되려는 사람들이 얼마나 많은지, 그렇게 많을 수
　　없을 정도로!
천재라면? 이 순간에
십만 개의 두뇌가 그들 스스로를 나처럼 천재라고 꿈꾸고 있다,
역사는 기억하지 못할 것이다, 누가 알겠는가? 단 하나마저도,
거름들인 거지, 미래의 숱한 점령지들에 남게 될 이 모두가.
아니, 나는 나 자신을 믿지 않는다.
정신병원마다 그토록 확신에 찬 정신 나간 미치광이들이
　　있다니!
나, 어떤 확신도 없는 나는 더 확실한가 아니면 덜 확실한가?
아니, 나조차도……
세상에 얼마나 많은 다락방과 다락방 아닌 방에서
천재들 스스로가 꿈꾸는 이 순간에도 자기를 확신하고 있는가?
얼마나 많은 우뚝하고 고귀하고 명료한 열망들이
―그래, 정말로 우뚝하고 고결하고 명료한 그것들이―
누가 알랴, 어쩌면 이룰 수 있을지도 모를 그 열망들이,
현실의 햇빛은 결코 못 보게 되든가, 사람들 귀에는 안 들리게
　　될까?
세상은 정복하려고 태어나는 자들의 것,
비록 세상을 정복할 수 있다고 꿈꾸는 자들이 옳다 해도,
　　이들의 것은 아니다.
나는 나폴레옹보다 더 많은 것을 꿈에서 해냈다.

　　　　　담배 가게

나는 그리스도보다 더 많은 박애를 가설적인 가슴에 품었다.
나는 칸트도 쓰지 못한 철학을 비밀리에 창안해냈다.
하지만 나는 다락방 사람이고, 아마 영원히 그럴 것이다,
비록 거기에 살지 않더라도.
나는 언제나 '그것을 하기 위해 태어난 것이 아닌 사람'이 될
    것이고,
나는 언제나 '단지 자질만 있었던 사람'이 될 것이며,
나는 언제나 문 없는 벽 앞에서 문이 열리기를 기다렸던
    사람일 것이고,
닭장 안에서 '무한'의 노래를 노래한 사람이자,
막힌 웅덩이 안에서 신의 음성을 들은 사람일 것이다.
나 자신을 믿는가? 아니, 전혀 그렇지 않다.
'자연'은 뜨거운 내 머리 위로
자신의 태양, 자신의 비, 내 머리칼을 헤짚는 바람을 퍼붓겠지.
나머지는 올 예정이거나 와야 한다면 올 것이고, 그렇지
    않으면 오지 않겠지.
별들의 심장 노예들,
우리는 침대에서 일어나기 전에 모든 세상을 정복했다.
하지만 우리가 잠에서 깨니 세상은 희뿌옇다,
일어났더니 외계 같다,
밖으로 나갔더니 세상은 지구 전체다,
거기에다 태양계와 은하수와 '무한'이다.

(초콜릿을 먹어라, 소녀야.
초콜릿을 먹어라!

담배 가게

과연 세상에는 초콜릿 말고 다른 형이상학은 없다.
정말이지 모든 종교는 제과점 말고는 가르쳐주는 것이 없다.
먹어라, 지저분한 소녀야, 먹어라!
너와 같은 진정으로 내가 초콜릿을 먹을 수 있다면!
하지만 생각해보니, 은종이 박지를 벗기면서,
나는 모든 것을 땅바닥에 내던진다, 삶을 내동댕이쳤듯.)

하지만 적어도, 결코 내가 무엇으로도 존재하지 못할 거라는
　쓰라림이,
성급하게 휘갈긴 이 시구들의 필체가,
'불가능' 위로 무너진 주랑현관柱廊玄關이 남는다.
그래도 최소한 나는 나 자신에게 눈물 없는 경멸을,
적어도 고귀한 경멸을 바친다, 이 과장된 몸짓으로
나 자신을 빨랫감처럼 목록에, 사물들의 흐름 속에 내던지면서.
나는 셔츠도 입지 않은 채 집에 있다.

(오, 나의 위로자, 존재하지 않아서 위안을 주는 이,
당신은 살아 있는 동상으로 구상된 그리스 여신이어라,
또는 엄청나게 고결하면서도 끔찍한 로마의 귀족 여인,
또는 우아하면서도 매력덩어리 같은 음유시인들의 공주,
또는 어깨를 드러낸 채 멀리 있는 18세기의 후작 부인,
또는 우리 아버지들 시대의 유명한 고급 매춘부,
또는 무엇인가 근대적인 것—그것이 뭔지는 잘 몰라도—
그것이 무엇이든, 너희가 무엇이든지 간에, 이 모두가 내게
　영감을 줄 수 있다면 내게 다오!

담배 가게

내 마음은 텅 빈 양동이,
정령들을 불러내는 자들이 정령들을 불러내듯이, 나는
나 자신을 불러내지만, 아무것도 발견하지 못한다.
나는 창문으로 다가가 절대적인 선명함으로 거리를 본다.
가게들을 보고, 인도들을 보고, 자동차들이 지나가는 것을
　　보고,
옷을 입은 살아 있는 존재들이 서로 스쳐가는 것을 보고,
개들도 역시 존재하는 것을 본다,
이 모든 것이 추방 선고처럼 나를 짓누른다,
이 모든 것이 다른 모든 것처럼 이질적이다.)

나는 살았고, 공부했고, 사랑했고, 심지어 믿었다.
그리고 오늘은, 단지 내가 아니라는 이유로 모든 거지가
　　부럽다.
나는 각자의 누더기와 상처와 거짓말을 바라보며
생각한다: 아마도 넌 전혀 살지 않았고 공부하지 않았고
　　사랑하지 않았고 믿지 않았을 거라고.
(왜냐하면 그는 아무것도 하지 않으면서 이 모든 현실을
　　꾸려갈 수 있으니까.)
어쩌면 너는 간신히 존재해왔는지도 모른다, 꼬리를 자른
　　도마뱀처럼
잘리고도 계속해서 실룩실룩하는 도마뱀 꼬리처럼.

나는 내가 몰랐던 것으로 나를 만들었고,
나를 갖고 만들 수 있었을 것을 만들지 않았다.

담배 가게

내가 입었던 도미노 옷*은 잘못된 것이었다.
나는 곧바로 내가 아닌 누군가로 인식되었고 이를 부인하지
　　않았다, 나는 길을 잃었다.
내가 가면을 벗으려고 했을 때
가면은 얼굴에 들러붙어 있었다.
내가 가면을 벗고 거울을 보았을 때
나는 벌써 늙어 있었다.
나는 취했고, 내가 벗지 않은 도미노 옷을 더이상 입을 줄도
　　몰랐다.
나는 가면을 내던졌고 탈의실에서 잤다,
운영상 용인된 개처럼.
왜냐하면 무해하니까,
나는 이 글을 내가 숭고하다는 것을 증명하려고 써내려가는
　　중이다.

무용한 내 시의 음악적 본질,
내가 만들어낸 것으로서 혹시 너를 만날 수 있다면,
저기 길가 맞은편 담배 가게를 늘상 바라보기보다는
취객의 발에 걸리는 깔개나
집시들한테서 훔친 도어매트처럼 아무 가치도 없는
나의 현존감을 발로 짓눌러버리면서.

그런데 담배 가게 주인이 나타나 문가에 선다.
나는 불안정하게 반만 붙들린 영혼을 뒤섞어

*주로 가면무도회에서 쓰는, 얼굴의 반만 가리는 가면에 두건이 달린 겉옷.

　　　　　　　담배 가게

불편하게 반만 목을 돌린 채로 그를 바라본다.
그는 죽을 것이고, 나도 죽을 것이다.
그는 간판을 떠날 것이고, 나는 시를 떠날 것이다.
마침내 그의 간판도 죽을 테고, 내 시도 죽을 것이다.
결국 간판이 있던 거리도,
그리하여 시가 적혀 있던 혀도 죽을 것이다.
그러고는 이 만물을 돌리던 지구의 수레바퀴도 멎을 것이다.
다른 우주의 다른 행성들에서는 사람 같은 무언가가
계속해서 간판 같은 것들 아래에 살면서 시 같은 것들을
    만들어나갈 것이다.
언제나 다른 것과 마주한 어떤 것,
언제나 다른 것만큼이나 무용한 어떤 것,
언제나 현실만큼이나 어리석은 불가능한 무엇,
언제나 곁에 잠자고 있는 신비만큼이나 진짜인 내적 신비,
언제나 이것 아니면 언제나 저것, 또는 이도 저도 아닌 것.

하지만 한 남자가 담배 가게로 들어갔다. (담배를 사기 위해?)
그리고 그럴듯한 현실이 갑자기 내 위로 무너진다.
나는 힘차게, 확신 있게, 인간적으로 몸을 반쯤 일으키고,
정반대를 말하는 이 시를 쓰려고 생각한다.

그 시를 쓰려고 생각하면서 담배에 불을 붙이고,
담배에서 나오는 모든 생각의 해방을 음미한다.
나 자신의 항로라도 되는 듯 담배 연기를 뒤따르며,
나는 맛본다, 감각적이고 유능한 순간 속에서

담배 가게

모든 내 사변으로부터의 해방을,
형이상학은 편안하지 않음의 결과라는 그 의식을.
그러고는 의자에 등을 기대고
계속해서 담배를 피운다.
'운명'이 허락하는 한 오래도록, 나는 계속해서 피울 것이다.

(만약 세탁부 여인의 딸과 결혼했다면
아마도 난 행복했을지도.)
이어 나는 의자에서 일어난다. 창문으로 간다.

남자가 담배 가게에서 나왔다. (잔돈을 바지 호주머니에
　　넣으면서?)
아, 나는 그를 안다: 형이상학이 없는 에스테베스.
(담배 가게 주인이 입구에 나타났다.)
신성한 직감이라도 느낀 듯, 에스테베스는 몸을 돌려 나를
　　보았다.
나에게 손짓으로 인사했고, 나는 그에게 외쳤다. '안녕,
　　에스테베스!' 그리고 우주는
이상도 희망도 없이 나에게 재구성되었고, 담배 가게
　　주인은 미소를 지었다.

1928년 1월 15일 알바루 드 캄푸스

담배 가게

안토니오 타부키 연보

1943년 9월 24일 이탈리아 피사에서 태어남.

1949년 피사 근처의 작은 소읍 베키아노에 있는 외갓집에서
어린 시절을 보냈고, 외삼촌의 서재에서 수많은 외국
문학작품을 읽음. 베키아노에서 의무교육을 마침.

1964년 피사 대학 인문학부 입학. 대학 시절, 자신이 읽은
작가들의 흔적을 찾아보기 위해 여러 차례 유럽을
여행함. 그중 파리 소르본 대학에서 수업을 청강하다
포르투갈 시인 페르난두 페소아를 알게 되고, 그의
이명 중 하나인 '알바루 드 캄푸스'라는 이름으로
나온 시집 『담배 가게 Tabacaria』 프랑스어판을 어느
헌책 노점에서 입수해 읽고는 매혹당함. 이후
이탈리아로 돌아와 페소아 연구를 위해 시에나
대학에서 포르투갈어와 문학을 공부함.

1969년 논문 「포르투갈의 초현실주의」로 시에나 대학 졸업.

1970년 포르투갈에서 만난 마리아 조제 드 랑카스트르와
결혼. 이후 부부가 함께 이탈리아어로 페소아 작품을
번역해 소개하고 연구서 및 에세이도 펴냄.

1973년 볼로냐에서 포르투갈어와 문학을 가르침.

1975년 『이탈리아 광장 Piazza d'Italia』 출간.

1978년 제노바 대학에서 포르투갈어와 문학을 가르침. 『작은
        배 *Il Piccolo naviglio*』 출간.

1981년 『거꾸로 게임과 다른 이야기들 *Il gioco del rovescio e altri
        racconti*』 출간.

1983년 『핌 항구의 여인 *Donna di porto Pim*』 출간. 좌파 성향 신문
        〈라 레푸블리카〉 근무.

1984년 첫 성공작 『인도 야상곡 *Notturno indiano*』 출간.

1985년 『사소한 작은 오해들 *Piccoli equivoci senza importanza*』 출간.
        1987년까지 리스본 주재 이탈리아 문화원장을 지냄.

1986년 『수평선 자락 *Il filo dell'orizzonte*』 출간.

1987년 『베아토 안젤리코와 날개달린 자들 *I volatili del Beato
        Angelico*』 『페소아의 2분음표 *Pessoana Minima*』 출간.
        『인도 야상곡』으로 프랑스 메디치 외국문학상 수상.

1988년 희곡 『빠져 있는 대화 *I dialoghi mancati*』 출간.
        〈일 코리에레 델라 세라〉 근무.

1989년 포르투갈 대통령이 수여하는 '엔히크 왕자
        공로훈장'을 받았고, 같은 해 프랑스 정부로부터
        '문화예술 공로훈장'을 받음. 프랑스 감독 알랭
        코르노가 『인도 야상곡』 영화화함.

1990년 『사람들이 가득한 트렁크 *Un baule pieno di gente*』 출간.
        시에나 대학에서 교편을 잡음.

1991년 『검은 천사 *L'angelo nero*』 출간. 먼저 포르투갈어로
        『레퀴엠 *Requiem*』 출간.

1992년 『레퀴엠』 이탈리아어판 출간, 이탈리아 PEN클럽상
        수상. 『꿈의 꿈 *Sogni di sogni*』 출간.

안토니오 타부키 연보

1993년 페르난두 로페스가 〈수평선 자락〉 영화화함.

1994년 『페르난두 페소아의 마지막 사흘Gli ultimi tre giorni di Fernando Pessoa』『페레이라가 주장하다Sostiene Pereira』 출간. 『페레이라가 주장하다』로 비아레조상, 캄피엘로상, 스칸노상, 장모네유럽문학상 수상.

1995년 로베르토 파엔차가 〈페레이라가 주장하다〉 영화화함.

1996년 칸 영화제 심사위원으로 참석.

1997년 공원에서 사체로 발견된 남자의 실화를 바탕으로 한 소설 『다마세누 몬테이루의 잃어버린 머리La testa perduta di Damascno Monteiro』 출간. 『마르코니, 내 기억이 맞다면Marconi, se ben mi ricordo』 출간. 『페레이라가 주장하다』로 아리스테이온상 수상.

1998년 『향수, 자동차, 무한La nostalgie, l'automobile et l'infini』 『플라톤의 위염La gastrite di Platone』 출간. 독일 라이프니츠 아카데미에서 노사크상 수상. 알랭 타네가 〈레퀴엠〉 영화화함.

1999년 『집시와 르네상스Gli Zingarii e il Rinascimento』 『얼룩투성이 셔츠Ena ponkamiso gemato likedes』 출간.

2001년 『점점 더 늦어지고 있다Si sta facendo sempre piú tardi』 출간. 이듬해 이 작품으로 프랑스 라디오 방송 프랑스퀼튀르에서 수여하는 외국문학상 수상.

2004년 『트리스타노가 죽다. 어느 삶Tristano muore. Una vita』 출간. 이 작품으로 유럽 저널리스트 협회에서 수여하는 프란시스코데세레세도 저널리즘상, 2005년 메디테라네 외국문학상 수상.

안토니오 타부키 연보

2007년 리에주 대학에서 명예박사 학위를 받음.

2009년 『시간은 빠르게 늙어간다*Il tempo invecchia in fretta*』 출간.
　　　　이 작품으로 프론티에레비아몬티상 수상.

2010년 『여행 그리고 또다른 여행들*Viaggi e altri viaggi*』 출간.

2011년 『그림이 있는 이야기*Racconti con figure*』 출간.

2012년 3월 25일 리스본 적십자 병원에서 암 투병 중 눈을
　　　　감음. 제2의 고향 포르투갈 리스본에서 장례식을
　　　　치른 후, 고국 이탈리아에 묻힘.

2013년 사후에 강연집 『모든 것은 거의 남아 있지 않고*Di tutto
　　　　resta un poco*』와 소설 『이사벨을 위하여*Per Isabel*』 출간.

옮긴이의 말

현대 이탈리아 문학계를 대표하는 작가이자 실천하는 지성인이었던 안토니오 타부키Antonio Tabucchi(1943~2012), 그리고 타부키를 매료시킨 포르투갈 시인 페르난두 페소아Fernando Pessoa(1888~1935), 오늘날 두 사람은 각자 독특하고 개성 있는 이미지로 세계의 독자들을 사로잡고 있다. 분명히 서로 다르면서도 어딘가 비슷해 보이는 두 작가의 작품들은 나름대로 흥미로운 텍스트 읽기의 즐거움을 준다.

타부키가 페소아에 대해 처음 알게 된 것은, 1960년대 그가 프랑스 파리에서 대학에 다니던 때였다. 길거리 간이 헌책방에서 우연히 페소아가 '알바루 드 캄푸스'의 이름으로 쓴 시집 『담배 가게』의 프랑스어 번역본을 구입해 읽었고, 그 매력에 이끌려 아예 포르투갈 문학을 전공했다고 한다. 그리고 페소아를 연구하고 그의 작품을 이탈리아어로 번역했으며, 시에나 대학에서 포르투갈 문학을 강의하기도 했다. 타부키가 남긴 수많은 작품 중 상당수는 페소아와 관련되어 있다.

『페르난두 페소아의 마지막 사흘—어떤 정신착란』은 그런 두 작가의 특성을 동시에 살펴볼 수 있는 좋은 자료다. 페소아가 세상을 떠나기 전 사흘 동안의 모습을 문학적 상상력을 동원하여 재구성하고 있는데, 타부키는 특유의 간결하고도 절제된 전기적 서사 구성을 통해 페소아의 입체적인 복수성을 보여주려고 한다. 그 안에는 페소아의 삶과 문학, 사상, 성격, 인생관 등이 압축적으로 담겨 있다.

그런데 이 작품은 특이한 형식으로 되어 있다. 소설도 아니고 전기도 아니다. 페소아에 대한 글이지만 사실과 허구가 교묘하게 뒤섞여 있으며, 그 경계선이 모호한 세계를 눈앞에 펼쳐보인다. 현실적 사건에다 꿈과 환상, 또는 부제 '어떤 정신착란'이 시사하듯 그로 인한 환각이나 환청이 함께 뒤엉켜 있고, 따라서 독자를 몽환적이고 초현실적인 분위기로 이끈다. 하지만 그것은 바로 페소아의 특징이기도 하다. 페소아의 삶과 문학에서 가장 특징적인 것은 소위 '다른 이름異名'들이다. 그가 허구적으로 창조해낸 다른 이름의 인물들은 각자 고유한 개성과 특징, 심지어 나름대로 고유한 삶과 전기적 자료까지 갖춘 존재들로서, 페소아의 '또다른 자아alter ego들' 또는 '내부의 타자他者들'이며 동시에 분신分身이라고 할 수 있다. 그들을 통하여 페소아는 다중인격을 지닌 사람처럼 여러 개의 삶을 동시에 살아간 것처럼 보인다. 최소한 문학적 상상력의 세계에서는 그렇게 살았다.

페소아는 지나친 음주가 원인이 된 듯 간부전으로 사망했는데, 타부키는 그가 병원에 입원하여 사망할 때까지 사흘 동안 자신의 주요한 다른 이름들과 만나 주고받는 이야기를 통해 그러한 특징적인 삶과 문학을 조명한다. 누구보다 작가의식이 투철했던 타부키는 문학적 인식, 즉 삶의 다양한 모습을 서로 다른 각도에서 바라보아야 할 필요성을 역설했고, 그것은 그의 작품들에서 쉽게 찾아볼 수 있다. 그리고 페소아는

옮긴이의 말

하나이면서 동시에 서로 다른 여러 인물의 삶이 한꺼번에 구현되는 자신만의 세계를 구축해냈다. 그러니까 두 사람은 서로 다른 방식으로 동일한 목적지를 지향한 것처럼 보인다. 아니 페소아가 타부키의 문학 속에 깊숙이 침투함으로써 거의 무의식적으로 두 작가가 하나로 어우러진 것처럼 보인다. 그리고 그렇게 페소아가 타부키를 통해 계속해서 살아 있었듯이, 타부키는 또 자기 나름대로의 방식으로 우리 사이에 계속 살아 있을 것이다.

페소아에 대한 국내 정보가 제한적이었기 때문에 인터넷을 비롯한 여러 자료를 뒤져보아야 했다. 그에 관한 타부키의 다른 저술도 참조했는데, 특히 이 책에서도 언급되는 『사람들이 가득한 트렁크』는 많은 도움이 되었다. 페소아가 남긴 유고 원고들은 트렁크, 즉 커다란 여행용 가방에 들어 있었고, 따라서 그가 창조한 수많은 다른 이름의 인물들이 그 안에 빼곡하게 들어가 있다는 것을 의미한다. 이 작품은 페소아와 다른 이름들의 생애나 작품에 대한 끊임없는 상호참조로 이루어져 있다. 말하자면 소위 상호텍스트성intertextuality이 충만한 작품이며, 그런 만큼 페소아와 그 작품세계에 대해 충분히 알고 있다면 보다 충실하고 풍성한 전기적 픽션으로 읽을 수 있는 작품으로서, 페소아 연구자이자 창작가로서의 타부키만이 써낼 수 있는 작품이 아닌가 싶기도 하다.

번역 과정에서 텍스트의 이해에 필요하다고 생각되는 곳에 나름대로 주를 붙였는데, 일부 독자들에게는 불필요한 사족처럼 보일 것이다. 반면 포르투갈과 페소아에 대해 약간 생소한 독자들에게는 미흡해 보일 수도 있다. 어쨌든 분명한 것

옮긴이의 말

은, 페소아의 다양한 작품을 읽으면서 타부키의 이 책을 읽는
다면 더더욱 흥미로운 독서가 되리라는 사실이다. 타부키의
눈을 통해 현실의 다채로운 모습을 이해하려고 노력하는 문
학동네 덕택에 좋은 작품을 번역하게 되어 기쁘다. 아울러 포
르투갈어 표기에 도움을 준 최금좌 선생님께 감사를 드린다.

하양 금락골에서

2015년 7월

김운찬

옮긴이의 말

지은이 안토니오 타부키Antonio Tabucchi

1943년 9월 24일 이탈리아 피사에서 태어났다. 포르투갈 시인 페르난두 페소아의 번역자이자 명망 있는 연구자이기도 하다. 『인도 야상곡』(1984), 『레퀴엠』(1991), 『페레이라가 주장하다』(1994)는 각각 알랭 코르노, 알랭 타네, 로베르토 파엔차 감독에 의해 동명의 영화로 제작되었다. 그의 작품들은 메디치 외국문학상, 장 모네 상, 아리스테이온 상 등 수많은 상을 휩쓸었다. 『이탈리아 광장』(1975)으로 문단에 데뷔해 『수평선 자락』(1986), 『사람들이 가득한 트렁크―페소아가 남긴 수고手稿』(1990), 『꿈의 꿈』(1992), 『페르난두 페소아의 마지막 사흘』(1994), 『다마세누 몬테이루의 잃어버린 머리』(1997), 『플라톤의 위염』(1998) 등 20여 작품들이 40개국 언어로 번역되어 사랑받고 있다. 2012년 3월 25일 예순여덟의 나이로 또다른 고향 포르투갈 리스본에서 암 투병중 눈을 감아, 고국 이탈리아에 묻혔다.

옮긴이 김운찬

한국외국어대학교 이탈리아어과와 동 대학원을 졸업하고, 이탈리아 볼로냐 대학교에서 움베르토 에코의 지도하에 화두話頭에 대한 기호학적 분석으로 박사학위를 받았다. 현재 대구가톨릭대학교 교수로 재직중이다. 지은 책으로 『현대 기호학과 문화 분석』 『신곡―저승에서 이승을 바라보다』가 있고, 옮긴 책으로 파베세의 『냉담의 시』 『피곤한 노동』 『레우코와의 대화』, 베르가의 『말라볼리아가의 사람들』, 아리오스토의 『광란의 오를란도』(전5권), 타부키의 『플라톤의 위염』 『집시와 르네상스』, 프리모 레비의 『멍키스패너』, 단테의 『신곡』 『향연』, 에코의 『번역한다는 것』 『논문 잘 쓰는 방법』 『대중문화의 이데올로기』 『신문이 살아남는 방법』, 칼비노의 『마르코발도 혹은 도시의 사계절』 『교차된 운명의 성』, 모라비아의 『로마 여행』, 과레스키의 『신부님, 우리 신부님』 등 다수가 있다.

안토니오 타부키 선집 7
페르난두 페소아의 마지막 사흘―어떤 정신착란

1판 1쇄 ¦ 2015년 7월 30일
1판 2쇄 ¦ 2020년 5월 25일

지은이 ¦ 안토니오 타부키   기획 ¦ 고원효
옮긴이 ¦ 김운찬   책임편집 ¦ 송지선
펴낸이 ¦ 염현숙   편집 ¦ 허정은 김영옥 고원효
                          디자인 ¦ 슬기와 민
                          저작권 ¦ 한문숙 김지영 이영은
                          마케팅 ¦ 정민호 이숙재 양서연 박지영
                           홍보 ¦ 김희숙 김상만 오혜림 지문희
                                우상희 김현지
                           제작 ¦ 강신은 김동욱 임현식
                          제작처 ¦ 영신사

펴낸곳 ¦ (주)문학동네
출판등록 ¦ 1993년 10월 22일 제406-2003-000045호
주소 ¦ 10881 경기도 파주시 회동길 210
전자우편 ¦ editor@munhak.com
대표전화 ¦ 031-955-8888
팩스 ¦ 031-955-8855
문의전화 ¦ 031-955-3578(마케팅) / 031-955-2686(편집)
문학동네카페 ¦ http://cafe.naver.com/mhdn
문학동네트위터 ¦ http://twitter.com/munhakdongne
북클럽문학동네 ¦ http://bookclubmunhak.com
홈페이지 ¦ http://www.munhak.com

ISBN 978-89-546-3715-2 04880
ISBN 978-89-546-2096-3(세트)

이 도서의 국립중앙도서관 출판시도서목록(CIP)은
서지정보유통지원시스템 홈페이지(http://seoji.nl.go.kr)와
국가자료공동목록시스템(http://www.nl.go.kr/kolisnet)에서
이용하실 수 있습니다.
(CIP 제어번호: CIP2015019659)

문학동네에서 펴낸 타부키의 다른 책들

문학을 통해 인간과 역사의 진실을 꿈꾼
이탈리아의 행동하는 지성 안토니오 타부키

"모든 글쓰기는 하나의 자그마한 기적에 대한 탐구다. 어쩌면 존재하지
않는 문을 여는 것. 인간에 대한 믿음 없이는 어떤 예술도 존재하지
않는다." —안토니오 타부키

문학동네 세계문학전집

082 · 페레이라가 주장하다 ¦ 이승수 옮김
        역사의 진실과 마주한 외롭고 고독한 신문기자,
        페레이라가 펜을 들고 주장을 시작한다

134 · 다마세누 몬테이루의 잃어버린 머리 ¦ 이현경 옮김
        실제 사건을 다루며 세상을 뒤흔든
        타락한 공권력에 대한 세밀한 보고서